轻阅读
书系

达夫游记

郁达夫 著

北方联合出版传媒(集团)股份有限公司
万卷出版公司

©　郁达夫　2015

图书在版编目（ＣＩＰ）数据

达夫游记 / 郁达夫著 . —— 沈阳：万卷出版公司，
2015.6（2023.5 重印）
（轻阅读）
ISBN 978-7-5470-3621-1

Ⅰ . ①达… Ⅱ . ①郁… Ⅲ . ①游记 – 作品集 – 中国 –
现代 Ⅳ . ① I266.4

中国版本图书馆 CIP 数据核字 (2015) 第 068781 号

出 品 人：王维良
出版发行：北方联合出版传媒（集团）股份有限公司
　　　　　万卷出版公司
　　　　　（地址：沈阳市和平区十一纬路 29 号　邮编：110003）
印 刷 者：三河市双升印务有限公司
经 销 者：全国新华书店
幅面尺寸：150mm × 215mm
字　　数：135 千字
印　　张：12.75
出版时间：2015 年 6 月第 1 版
印刷时间：2023 年 5 月第 2 次印刷
责任编辑：胡　利
责任校对：张　莹
封面设计：王晓芳
内文制作：王晓芳
ISBN 978-7-5470-3621-1
定　　价：49.00 元
联系电话：024-23284090
传　　真：024-23284448

常年法律顾问：王　伟　版权所有　侵权必究　举报电话：024-23284090
如有印装质量问题，请与印刷厂联系。　　　　　联系电话：0316-3651539

序　言

　　年少读书，老师总以"生而有涯，学而无涯"相勉励，意思是知识无限而人生有限，我们少年郎更得珍惜时光好好学习。后来读书多了，才知庄子的箴言还有后半句："以有涯随无涯，殆已！"顿感一代宗师的见识毕竟非一般学究夫子可比。

　　一代美学家、教育家朱光潜老先生也曾说："书是读不尽的，就读尽也是无用。"理由是"多读一本没有价值的书，便丧失可读一本有价值的书的时间和精力"，可见"英雄所见略同"。

　　当代人的生活节奏越来越快，很多人感慨抽出时间来读书俨然成为一种奢侈。既然我们能够用来读书的时间越来越宝贵，而且实际上也并非每本书都值得一读，那么如何从浩瀚的书海中挑出真正适合自己的好书，就成为一项重要且必不可少的工作。于是，我们编纂了这套"轻阅读"书系，希望以一愚之得为广大书友们做一些粗浅的筛选工作。

　　本辑"轻阅读"主要甄选的是民国诸位大师、文豪的著作，兼选了部分同一时期"西学东渐"引入国内的外国名著。我们之所以选择这个时期的作品作为我们这套书系的第一辑，原因几乎是不言而喻的——这个时期是中国学术史上一个大时代，只有春秋战国等少数几个时代可以与之媲美，而且这个时代创造或引进的思想、文化、学术、文学至今对当代人还有着深远的影响。

当然，己所欲者，强施于人也是不好的，我们无意去做一个惹人生厌的、给人"填鸭"的酸腐夫子。虽然我们相信，这里面的每一本书都能撼动您的心灵，启发您的思想，但我们更信任读者您的自主判断，这么一大套书系大可不必读尽。若是功力不够，勉强读尽只怕也难以调和、消化。崇敬慷慨激昂的闻一多的读者未必也欣赏郁达夫的颓废浪漫；听完《猛回头》《警世钟》等铿锵澎湃的革命号角，再来朗读《翡冷翠的一夜》等"吴侬软语"也不是一个味儿。

读书是一件惬意的事，强制约束大不如随心所欲。偷得浮生半日闲，泡一杯清茶，拉一把藤椅，在家中阳光最充足的所在静静地读一本好书，聆听过往大师们穿越时空的凌云舒语，岂不快哉？

周志云

目 录

杭江小历纪程

一九三三年十一月九日，星期四，晴爽。

前数日，杭江铁路车务主任曾荫千氏，介友人来谈，意欲邀我去浙东遍游一次，将耳闻目见的景物，详告中外之来浙行旅者，并且通至玉山之路轨，已完全接就，将于十二月底通车，同时路局刊行旅行指掌之类的书时，亦可将游记收入，以资救济 Baedeker 式的旅行指南之干燥。我因来杭枯住日久，正想乘这秋高气爽的暇时，出去转换转换空气，有此良机，自然不肯轻易放过，所以就与约定于十一月九日渡江，坐夜车起行。

午后五时，赶到三廊庙江边，正夕阳暗暧，萧条垂暮的时候。在码头稍待，知约就之陈万里郎静山二先生，因事未来。登轮渡江，尚见落日余晖，荡漾在波头山顶，就随口念出了：

落日半江红欲紫，
几星灯火点西兴。

达夫游记

的两句打油腔。渡至中流，向大江上下一展望，立时便感到了一种莫名其妙的愉快，大约是因近水遥山，视界开扩了的缘故；"心旷神怡"的四字在这里正可以适用，向晚的钱塘江上，风景也正够得人留恋。

到江边站晤曾主任，知陈、郎二先生，将于十七日来金华，与我们会合，因五泄、北山诸处，陈先生都已到过，这一回不想再去跋涉，所以夜饭后登车，车座内只有我和曾主任两人而已。

两人对坐着，所谈者无非是杭江路的历史和经营的苦心之类。

缘该路的创设，本意是在开发浙东；初拟的路线，是由杭州折向西南，遵钱塘江左岸，经富阳、桐庐、建德、兰溪、龙游、衢县、江山而达江西之玉山，以通信江，全线约长三百零五公里。后因大江难越，山洞难开，就改成了目下的路线，自钱塘江右岸西兴筑起，经萧山、诸暨、义乌、金华、汤溪、龙游、衢县、江山，仍至江西之玉山，计长三百三十三公里；又由金华筑支线以达兰溪，长二十二公里。建筑经费，因鉴于中央财政之拮据，就先由地方设法，暂作为省营的铁路。省款当然也不能应付，所以只能向管理中英庚款董事会及沪杭银行团等商借款项，以资挹注。正唯其资本筹借之不易，所以建筑、设备等事项，也不得不力谋省俭，勉求其成。计自民国十八年筹备开始以来，因省政府长官之更易而中断之年月也算在内，仅仅于两三年间，筑成此路。而每公里之平均费用，只三万余元，较之各国有铁路，费用相差及半，路局同人的苦心计划，也真可以佩服的了。

江边七点过开车，达诸暨是在夜半十点左右。车站在城北两三里的地方，头一夜宿在诸暨城内。

诸暨 五泄

十一月十日，星期五，晴快。

昨晚在夜色微茫里到诸暨，只看见了些空空的稻田，点点的灯火，与一大块黑黝黝的山影。今晨六时起床，出旅馆门，坐黄包车去五泄，虽只晨光晞暝，然已略能辨出诸暨县城的轮廓。城西里许有一大山障住，向西向南，余峰绵亘数十里，实为胡公台，亦即所谓长山是也。长山之所以称胡公台者，因长山中之一峰陶朱山头，有一个胡公庙在，是祀明初胡大将军大海的地方。五泄在县西六十里，属灵泉乡，所以我们的车子，非出北门，绕过胡公台的山脚，再朝西去不行。

出城将十里，到陶山乡的十里亭，照例黄包车要验票，这也是诸暨特有的一种组织。因为黄包车公司，是一大集股的民营机关，所有乡下的行车道路，全系由这公司所修筑；车夫只须觅保去拉，所得车资，与公司分拆，不拉休息者不必出车租；所以坐车者，要先向公司去照定价买票，以后过一程验一次，虽小有耽搁，但比之上海杭州各都市的讨价还价，却简便得多。过陶山乡，太阳升高了，照出了五色缤纷的一大平原，乌桕树刚经霜变赤，田里的二次迟稻——大半是糯谷——有的尚未割起，映成几片金黄，远近的小村落，晨炊正忙，上面是较天色略白的青烟，而下面却是受着阳光带一些些微红的白色高墙。长山的连峰，缭绕在西南，北望

达夫游记

青山一发，牵延不断，按县志所述，应该是杭乌山的余脉，但据车夫所说，则又是最高峰鸡冠山拖下来的峰峦。

从十里亭起，八里过大唐庙，四里过福缘桥，桥头有合溪亭，一溪自五泄西来，一溪又自南至，到此合流。又三里到草塔，是一大镇，尽可以抵得过新登之类的小县城，市的中心，建有数排矮屋，为乡民集市之所，形状很象大都市内的新式菜场。草塔居民多赵姓，所以赵氏宗祠，造得很大，市上当然又有一验票处。过此是五泉庵，遥望杨家溇塔，数里到避水岭，已经是五泄的境界了。

避水岭上，有一个庙，庙外一亭，上书"第一峰"三字。岭下北面，就是五泄溪。登岭西望，低洼处，又成一谷，五泄的胜景，到此才稍稍露出了面目；因为过岭的一条去路，是在山边开出，向右手下望谷中，有红树青溪，像一个小小的公园。岭西山脚下，兀立着一块岩石，状似人形，车夫说：

"这就是石和尚，从前近村人家娶媳妇，这和尚总要先来享受初夜权，后来经村人把和尚头凿了，才不再作怪。"

大约县志上所说的留仙石，上镌有"谢元卿结茅处"六字的地方，总约略在这一块石壁的近旁。

自第一峰——避水岭——起，西行多小山，过一程，就是一环山，再过一程，又是一个阪；人家点点，山影重重，且时常和清流澈底的五泄溪或合或离，令人有重见故人之感。过西墙弄的桥边，至里坞下朱，眼界又一广；经徐家山下，到青口镇，黄包车就不能走了，自青口至五泄的十余里，因为溪水纵横，山路逼仄，车路不很容易修建，所以再往前进，就非步行或坐轿子不可。

自青口去，渡溪一转弯，就到夹岩。两壁高可百丈，兀立在溪的南北，一线清溪，就从这岩层很清的绝壁底下流过。仰起来看看岩头，只觉得天的小，俯下去看看水，又觉得溪的颜色有点清里带黑，大约是岩壁过高，壁影覆在水面上的缘故。我虽则没有到过莱茵、多瑙的河边，但立在夹岩中间，回头一望，却自然而然的想起了学习德文的时候，在海涅的名诗《洛来拉兮》篇下印在那里的那张美国课本上的插画。

　　夹岩北壁中，有一个大洞，洞中间造了一个庙，这庙的去路，是由夹岩寺后的绝壁中间开凿出来的。我们爬了半天，滑跌了几次，手里各捏了两把冷汗，几乎喘息到回不过气来，才到了洞口；到洞一望，方觉悟到这一次爬山的真不值得。因为从谷底望来，觉得这洞是很高，但到洞来一看，则头上还是很高的石壁，而对面的那块高岩，依旧同照壁似的障在目前，展望不灵，只看见了几丝在谷底里是很不容易见到的日光而已。

　　从夹岩西北进，两三里路中间，是五泄的本山了；一步一峰，一转一溪，山峰的尖削，奇特，深幽，灵巧，从我所经历过的山水比较起来，只有广东肇庆以西的诸峰岩，差能和它们比比，但秀丽怕还不及几分。

　　好事的文人，把五泄的奇岩怪石，一枝枝都加上了一个名目，什么石佛岩啦，檀香窟啦，朝阳峰，碧玉峰，滴翠峰，童子峰，老人峰，狮子峰，卓笔峰，天柱峰，棋盘峰，……峰啦，多到七十二峰，二十五岩，一洞，三谷，十石，等等，真象是小学生的加法算学课本，我辨也辨不清，抄也抄不尽了，只记一句从前徐文长有一块石碣，刻着"七十二峰深处"

达夫游记

的六字，嵌在五泄永安禅寺的壁上——现在这石碣当然是没有了——其余的且由来游的人自己去寻觅拟对吧！

五泄寺，就是永安禅寺，照志书上说，是唐元和三年灵默禅师之所建。后来屡废屡兴，名字也改了几次，这些考据家的专门学问，我们只能不去管它；可是现在的寺的组织，却真有点奇怪。寺里的和尚并不多，吃肉营生——造纸种田——同俗人一点儿也没有分别，只少了几房妻妾，不生小孩，买小和尚来继承的一事，和俗人小有不同。当家和尚，叫做经理，我们问知客的那位和尚以经理僧在那里呢？他又回答说：上市去料理事务去了。寺的规模虽大，但也都坍败得可以，大雄宝殿，山门之类，只略具雏形，惟独所谓官厅的那一间客厅，还整洁一点，上面挂着有一块刘墉写的"双龙湫室"的旧匾，四壁倒也还有许多字画挂在那里。

在客厅西旁的一间小室里吃过饭后，和尚就陪我们去看五泄；所谓五泄者，就是五个瀑布的意思，土人呼瀑布为泄，所以有这一个名称。最下的第五泄，就在寺后西北的坐山脚下，离寺约有三百多步样子，高一二十丈，宽只一二丈，因为天晴得久了，泄身不广，看去也只是一个平常的瀑布而已。奇怪的是在这第五泄上面的第一，二，三，四各泄，一道溪泉，从北面西面直流下来，经过几折山岩，就各成了样子，水量、方向各不相同的五个瀑布。我们爬山过岭，走了半天，才看见了一，二，三的三个瀑布，第四泄却怎么也看不到。凡不容易见到的东西，总是好的，所以游客，各以见到了第四泄为夸，而徐霞客、王思任等做的游记，也写得它特别的好而不易攀登。总之，五泄原是奇妙，可是五泄的前后上下，一路上的山色溪光，我觉得更是可爱。至如西龙潭——我们所去的地方，即五泄所在之处，名东龙潭——的更幽更险，第一泄上刘龙子庙前的自成一区，北上山巅，站在响铁岭岭头眺望富阳紫阆的疏散高朗，那又是锦上之花，弦外之音了，尤其是寺前去西龙潭的这一条到浦江的路上的风光，真是画也画不出来，写也写不尽言的。

上面曾说起了刘龙子的这一个名字，所谓刘龙坪者，是五泄山中的一区特异的世外桃源。坪上平坦，有十几廿亩内外的广阔，但四周围却都是高山，是山上之山，包围得紧紧贴贴；一道溪泉，从山后的紫阆流来，由北向西向南，复折回来，在坪下流过，成了第一泄的深潭；到了这里，古人的想象力就起了作用，创造出神话来了；万历《绍兴府志》说：

> 晋时刻姓一男子，钓于五泄溪，得骊珠吞之，化龙飞去，人号刘龙子。其母墓在撞江石山，每清明龙子来展墓，必风雨晦暝；墓上松两株，至今奇古可爱，相传为龙子手植云。

同这一样的传说，凡在海之滨，山之瀑，与夫湖水江水深大的地方，处处都有，所略异者，只名姓年代及成龙的原因等稍有变易而已。

我们因为当天要赶到县城，以后更有至闽边赣边去的预定，所以在五泄不能过夜，只走马看花，匆匆看了一个大概；大约穷奇探胜，总要三五日的工夫，在五泄寺打馆方行，这么一转，是不能够领略五泄的好处的。出寺从原路回来，从

达夫游记

青口再坐黄包车跑回县治，已经是暗夜的七点钟了；这一晚又在原旅馆住了一宵。

诸暨　苧萝村

十一月十一日，星期六，晴朗如前。

昨夜因游倦了，并去诸暨城隍庙国货商场的游艺部看了一些戏，所以起来稍迟。去金华的客车，要近午方开，八点钟起床后，就出南门上苧萝山去偷闲一玩。出城行一二里，在五湖闸之下，有一小山，当浦阳江的西岸，就是白阳山的支峰苧萝山，山西北面是苧萝村，是今古闻名的美人西施的生地。有人说，西施生在江的东面金鸡山下郑姓家，系由萧山迁来的客民之女，外祖母在江的西面姓施，西施寄住在外祖母家，所以就生长在苧萝村里。幼时常在江边浣纱，至今苧萝山下，江边石上，还有晋王羲之写的"浣纱"两字，因此，这一段江就名作浣纱溪。古今来文人墨客，题诗的题诗，考证的考证，聚讼纷纭，到现在也还没有一个判决，妇人的有关国运，易惹是非，类都如此。

苧萝山，系浣纱江上的一枝小山，溪水南折西去，直达浦江，东面隔江望金鸡山，对江可以谈话。苧萝山上进口处有"古苧萝村"四字的一块小木牌坊，进去就是西施庙，朝东面江，南面新建一阁，名北阁，中供西施石刻像一尊。经营此庙者，为邑绅清孝廉陈蔚文先生，庙中悬挂着的匾额对联石刻之类，都是陈先生的手笔。最妙者，是几块刻版的拓本，内载乩盘开沙时，西施降坛的一段自白，辩西施如何的忠贞两美，与夫范蠡献西施，途中历三载生子及五湖载去等事的诬蔑不通。庙前有洋楼三栋，本为图书馆，现在却已经锁起不开了。

管西施庙的，是一位中老先生。这位先生，是陈氏的亲戚，很能经营。陪我们入座之后，献茶献酒，殷勤得不得了；最后还拿出几张纸来，要我们留一点墨迹。我于去前山看了未完成的烈士墓及江边镌有"浣纱"两字的浣纱石后，就替他写了一副对，一张立轴。对子上联是定公诗"百年心事归平淡"，下联是一句柳亚子先生题我的《薇蕨集》的诗，"十载狂名换苎萝"。亚子一生，唯慕龚定庵的诡奇豪逸，而我到此地，一时也想不出适当的对句，所以勉强拉拢了事，就集成了此联。立轴上写的，是一首急就的绝句：

> 五泄归来又看溪，浣纱遗迹我重题，
> 陈郎多事搜文献，施女何妨便姓西。

暗中盖也有一点故意在和陈先生捣乱的意思。

玩苎萝山回来，十一点左右上杭江路客车，下午三点前，过义乌。车路两旁的青山沃野，原美丽得不可以言喻，就是在义乌的一段，夕阳返照，红叶如花，农民驾使黄牛在耕种的一种风情，也很含有着牧歌式的画意；倚窗呆望，拥鼻微吟，我就哼出了这样的二十八字：

> 骆丞草檄气堂堂，杀敌宗爷更激昂，
> 别有风怀忘不得，夕阳红树照乌伤。

达夫游记

骆宾王，宗泽，都是义乌人。而义乌金华一带系古乌伤地，是由秦孝子颜乌的传说而来的地名。

下午三点过，到金华，在金华双溪旁旅馆内宿，访旧友数辈，明日约共去北山。

金华 北山

十一月十二日，星期日，晴。

金华的地势，实在好不过。从浙江来说，它差不多是坐落在中央的样子。山脉哩，东面是东阳义乌的大盆山的余波，为东山区域；南接处州，万山重叠，统名南山；西面因有衢港钱塘江的水流密布，所以地势略低；金华江蜿蜒西行，合于兰溪，为金华的唯一出口，从前铁道未设的时候，兰溪就是七省通商的中心大埠。北面一道屏障，自东阳大盆山而来，绵亘三百余里，雄镇北郊，遥接着全城的烟火，就是所谓金华山的北山山脉了。

北山的名字，早就在我的脑里萦绕得很熟，尤其是当读《宋学师承》及《学案》诸书的时候，遥想北山的幽景，料它一定是能合我们这些不通世故的蠹书虫口味的。所以一到金华，就去访北山整理委员会的诸公，约好于今日侵晨出发；绳索，汽油灯，火炬，电筒，食品之类，统托中国旅行社的姜先生代为办好，今早出迎恩门北去的时候，七点钟还没有敲过。

北山南面的支峰距城只二十里左右，推算起北山北面的山脚，大约总在七八十里以外了；我们一出北郊，腰际被晓烟缠绕着的北山诸顶，就劈面迎来，似在监视我们的行动。芙蓉峰尖若锥矢，插在我们与北山之间，据说是县治的主脉。十里至罗店，是介在金华与北山正中的一大村落。居民于耕植之外，更喜莳花养鹿，半当趣味，半充营业，实在是一种极有风趣的生涯。花多株兰，茉莉，建兰，亦栽佛手；据村中人说，这些植物，非种入罗店之泥不长，非灌以双龙之泉不发，佛手树移至别处，就变作一拳，指爪不分了。

自罗店至北山，还有十里，渐入山区，且时时与自双龙洞流出的溪水并行；路虽则崎岖不平，但风景却同嚼蔗近根时一样，渐渐地加上了甜味。到华溪桥，就已经入了山口，右手一峰，于竹叶枫林之内，时露着白墙黑瓦，山顶上还有人家。导游者北山整理委员黄君志雄，指示着说：

"这就是白望峰，东下是鹿田，相传宋玉女在这近边耕稼，畜鹿，能入城市贸易，村民邀而杀之，鹿遂不返，玉女登峰白望，因有此名，玉女之坟，现在还在。"

这真是多么美丽的传说啊！一个如花的少女，一只驯良的花鹿，衔命入城，登峰遥望，天色晚了，鹿不回来，一声声的愁叹，一点点的泪痕，最后就是一个抑郁含悲的死！

过白望峰后，路愈来愈窄，亦愈往上斜，一面就是万丈的深溪，有几处泡沫飞溅，像六月里的冰花；溪里面的石块，也奇形怪状，圆滑的圆滑，扁平的扁平，我想若把它们搬到了城里，则大的可以镶嵌作屏风装饰，小的也可以做做小孩的玩物。可是附近的居民，于见惯之后，倒也并不以为希奇了。沿溪入山，走了一二里的光景，就遇着了一块平地，正当溪的曲处；立在这一块地上，东西北三面的北山苍翠，自

达夫游记

然是接在眉睫之间，向南远眺，且可以看见南山的一排青影，北山整理委员会的在此建佛寿亭，识见也真不错；只亭未落成，不能在亭上稍事休息，却是恨事。从这里再往前进，山路愈窄亦愈曲，不及二里，就到了洞口的小村，双龙洞离这村子，只有百余步路了，我们总算已经到了我们的目的地点。

北山长三百余里，东西里外数十余峰，溪涧，池泉，瀑布，山洞，不计其数；但为一般人所称道，凡游客所必至，与夫北山整理委员会第一着着手整理之处，就是道书所说的"第三十六洞天"的朝真，冰壶，双龙的山洞。三洞之中，朝真最大，亦最高，洞系往上斜者，非用梯子，不能穷其底，中为冰壶，下为双龙。

我们到双龙洞，已将十一点钟。外洞高二十余丈，广深各十余丈，洞口极大，有东西两口，所以洞内光线明亮，同在屋外一样。整理委员会正在动工修理，并在洞旁建造金华观，洞中变成了作场的样子；看了些碑文、石刻之后，只觉得有点伟大而已，另外倒也说不出什么的奇特。洞中间，有一道清泉流出，岁旱不涸，就是所谓双龙泉水，溯泉而进，是内洞了。

原来这一条泉水，初看似乎是从地底涌出米似的，水量极大；再仔细一看，则泉上有一块绝大的平底岩石覆在那里，离水面只数寸而已。用了一只浴盆似的小木船，人直躺在船底，请工人用绳索从水中岩石底推挽过去，岩石几乎要擦伤鼻子，推进一二丈路，岩石尽，而大洞来了，洞内黑到了能见夜光表的文字，这就是里洞。

里洞高大和外洞差仿不多，四壁琳琅，都是钟乳岩石；

点上汽油灯一照，洞顶有一条青色一条黄色的岩纹突起，绝像平常画上的龙，龙头龙爪龙身，和画丝毫不爽，青龙自东北飞舞过来，黄龙自西北蜿蜒而至。向西钻过由钟乳石结成的一道屏壁间的小门，内进曲折，有一里多深；两旁石壁，青白黄色的都有，形状也歪斜迭皱，有像象身的，有像狮子的，有像凤尾的，有像千缕万线的女人的百裥裙的，更有一块大石像乌龟的；导游的黄君，一一都告诉我了些名字，可惜现在记不清了。这里洞内一里多深的路，宽广处有三五丈，狭的地方，也有一二丈。沿外壁是一条溪泉，水声淙淙，似在奏乐；更至一处离地三尺多高的小岩穴旁，泉水直泻出来，形成了一个盆景里的小瀑布。洞的底里，有一处又高又圆方的石室，上视室顶，象一个钟乳石的华盖，华盖中央，下垂着一个球样的皱纹岩。

这里洞的两壁，唐宋人的题名石刻很多，我所见到的，以庆历四年的刻石为最古。石室内的岩上，且有明万历年间游人用墨写的"卧云"两字题在那里，墨色鲜艳，大家都疑它是伪填年月的，但因洞内空气不流通，不至于风化，或者是真的也很难说。清人题壁，则自乾隆以后，绝对没有了，盖因这里洞，自那时候起，为泥沙淤塞了的缘故。这一次旧洞新辟，我们得追徐霞客之踪，而来此游览者，完全要感谢北山整理委员会各委员的苦心经营，而黄委员志雄的不辞劳瘁，率先入洞，致有今日，功尤不小。

在洞里玩了一个多钟头，拓了二张庆历四年的题名石刻，就出来在外洞中吃午饭；饭后更上山，走了二三百步，就到了中洞的冰壶洞口。

达夫游记

冰壶洞，口极小，俯首下视，只在黑暗中看得出一条下斜的绝壁和乱石泥沙。弓身从洞口爬入，以长绳系住腰际，滑跌着前行，则愈下愈难走，洞也愈来得高大。

前行五六十步，就在黑暗中听得出水声了，再下去三四十步，脸上就感得到点点的飞沫。再下降前进三五十步，洞身忽然变得极高极大，飞瀑的声音，振动得耳膜都要发痒。瀑布约高十丈左右，悬空从洞顶直下，瀑身下广，瀑布下也无深潭，也无积水，所以人可以在瀑布的四周围行走。走到瀑布的背后，旋转身来，透过瀑布，向上向外一望，则洞口的外光，正射着瀑布，象一条水晶的帘子，这实在是天下的奇观，可惜下洞的路不便，来游者都不能到底，一看这水晶帘的绝景。

总之冰壶洞像一只平常吃淡芭菇的烟斗，口小而下大。在底下装烟的烟斗正中，又悬空来了一条不靠石壁流下的瀑布。人在大烟斗中走上瀑布背后，就可以看见烟嘴口的外光。瀑布冲下，水全被沙石吸去，从沙石中下降，这水就流出下面的双龙洞底，成为双龙泉水的水源。

因为在冰壶洞里跌得全身都是烂泥沙渍，并且脚力也不继了，所以最上面的朝真洞没有去成。据说三洞之中，以朝真洞为最大，但系一层一层往上进的，所以没有梯子，也难去得。我想山的奇伟处，经过了冰壶双龙的两洞，也总约略可以说说了，舍朝真而不去，也并没有什么大的遗憾。

在北山回来的路上，我们又折向了东，上芙蓉峰西的凤凰山智者寺去看了一回陆放翁写的《重修智者广福禅寺碑记》。碑面风化，字迹已经有一大半剥落，唯碑后所刻的陆务观致智者圮公禅师手牍，还有几块，尚辨认得清。寺的衰颓坍毁，和徐霞客在《游记》里所说的情形一样；三百年来，这寺可又经过了一度沧桑了。

北山的古迹名区，我们只看了十分之一，单就这十分之一来说，可已经是奇特得不得了了；但愿得天下泰平，身体康健，北山整理会诸公工作奋进，则每岁春秋佳日，当再约伴重来，可以一尽鹿田，盘泉，讲堂洞，罗汉洞，卧羊山，赤松山，洞箬山，白兰山诸地的胜概。

兰溪　横山

十一月十三日，星期一，晴快。

昨晚因游北山倦了，所以早睡，半夜梦醒，觉得是身睡在山洞的中间，就此一点，也可以证明山洞给我的印象的深刻。

晨起匆匆整装，上车站坐轨道汽车去兰溪。走了个把钟头，车只是在沿了北山前进，盖金华山的西头，要到兰溪才尽，而东头的金华山，则已于前日自诸暨来金华时火车绕过。此次南来，总算绕了金华山一匝，虽然事极平常，但由我这初次到浙东来游的野人看来，却也可以同小孩子似的向人夸说了。

在兰溪吃过午饭，就出西门江边，雇了一只小船，划上隔江西南面的横山兰阴寺去。

这横山并不高，也不长，状似棱形，从东面兰溪市上看来，一点儿也没有什么可取，但身到了此山，在东头灵源庙前上船，绕过南面一条沿江的山道，到兰阴寺前的小峰上去一望，就觉得风景的清幽潇洒，断不是富春江的只有点儿高远深静的山容水貌所能比得上的了。先让我来说明一下这横山的地势，然后再来说它的好处。

衢港远自南来，至兰溪而一折，这横山的石岩，就凭空突起，挡住了衢港的冲。东面呢，又是一条金华江水，迤逦西倾，到了兰溪南面，绕过县城，就和衢港接成了一个天然的直角。两水合并，流向北去，就是兰溪江，建德江，再合徽港，东北流去成了富春钱塘的大江。所以横山一朵，就矗立在三江合流的要冲，三面的远山，脚下的清溪，东南面隔江的红叶，与正东稍北兰溪市上的人家，无不一一收在眼底，像是挂在四面用玻璃造成的屋外的水彩画幅。更有水彩画所画不出来的妙处哩，你且看看那些青天碧水之中，时时在移动上下的一面一面的同白鹅似的帆影看，彩色电影里的外景影片，究竟有哪一张能够比得上这里？还有一层好处，是在这横山的去兰溪市的并不很远。以路来讲，大约只不过三五里路的间隔，以到此地来游的时间来说，则只须有两个钟头，就可以把兰溪的全市及附近的胜景，霎时游望尽了。

横山上有一个灵源庙，在东头山脚，前面已经说过了；朝南的山腰里，还有一个兰阴寺，说是正德皇帝到过的地方，现在寺前石壁里，还有正德御笔的"兰阴深处"四个大字刻在那里；寺上面一层，是一个观音阁，说是尼姑的庵；最上是山顶，一个钟楼，还没有建造成功哩。

大抵的游客，总由杭江路而至兰溪，在兰溪一宿，看看花船，第二天就匆匆就道，去建德桐庐，领略富春江的山水，对于这近在目前的横江，总只隔江一望，弃而不顾，实在是一件大可惋惜的事情。大约横山因外貌不佳，所以不能引人入胜，"蓬门未识绮罗香"，贫女之叹，在山水中间也是一样。

晚上有人请客，在三角洲边，江山船上吃晚饭。兰溪人应酬，大抵在船上，与在菜馆里请客比较起来，价并不贵，而菜味反好，所以江边花事，会历久不衰。从前在建德桐庐富阳闻家堰一带，直至杭州，各埠都有花舫，现在则只剩得兰溪衢州的几处了，九姓渔船，将来大约要断绝生路。

兰溪　洞源

十一月十四日，星期二，晴朗。

去兰溪东面的洞源山游。

出兰溪城，东绕大云山脚，沿路轨落北，十里过杨清桥，遵溪向北向东，五里至山口，三里至洞源山之栖真寺。寺是一个前朝的古刹，下有赵太史读书处，书堂后面有一方泉水，名天池；寺右侧，直立着一块岩石，名飞来峰，这些都还平常；洞源山的出名，也是和北山一样，系以洞著的。

这山当然是北山的余脉，山石也都是和北山一系的石灰水成岩，所以洞窟特别的多。寺前山下石灰窑边上，有涌雪洞，泉水溢出，激石成沫，状似涌雪，也是一个奇观，但我们因领路者不在，没有到。

寺后秃山丛里，有呵呵洞，因洞中有瀑布，呵呵作响，故名。再上山二里，有无底洞，是走不到底的。更西去里余，为白云洞。

我们因为在北山已经见识过山洞的奇伟了，所以各洞都没有进去，只进了一个在山的最高处的白云洞。白云洞洞口并不小，但因有一块大石横覆在口上，所以看去似乎小了，这石的面积，大约有三四丈长，一二丈宽，斜覆在洞口的正中，绝似一只还巢的飞燕。进洞行数十步，路就曲折了起来，非用火炬照着不能前进，略斜向下，到底也有里把路深。洞身并不广，最宽的地方，不过两三丈而已，但因洞身之窄，所以仰起头来看看洞顶，觉得特别的高，毛约约，大约可有二三十丈。洞顶洞壁，都是白色的钟乳层，中间每嵌有一块一块的化石；钟乳层纹，一套一套像云也像烟，所以有白云洞的名称。这洞虽比不上北山三洞的规模浩大，但形势却也不同，在兰溪多住了一天，看了这一个洞，算来也还值得。

　　栖真寺后殿，有藏经楼，中藏有明代《大藏经》半部，纸色装潢完好如新，还有半部，则在太平天国的时候毁去了。大殿的佛座下，嵌有明代诸贤的题诗石碣，叶向高的诗碣数方，我们自己用了半日的工夫，把它拓了下来。

　　饭后向寺廊下一走，殿外壁上看见了傅增湘先生的朱笔题字数行，更向壁间看了许多近人的题咏，自己的想附名胜以传不朽的卑劣心也起来了，因而就把昨夜在兰溪做的一个臭屁，也放上了墙头：

　　　　红叶清溪水急流，兰江风物最宜秋，
　　　　月明洲畔琵琶响，绝似浔阳夜泊舟。

　　放的时候，本来是有两个，另一个为：

阿奴生小爱梳妆，屋住兰舟梦亦香，

望煞江郎三片石，九姑东去不还乡。

闻江山的江郎山，有三片千丈的大石，直立山巅，相传是江郎兄弟三人入山成仙后所化。花船统名江山船，而世上又只传有望夫石，绝未闻有望妻者，我把这两个故事拉在一处，编成小调，自家也还觉得可以成一个小玩意儿，但与栖真寺的墙壁太无关了，所以不写上去。

龙游 小南海

十一月十五日，星期三，仍晴。

晨起出旅馆，上兰溪东城的大云山揽胜亭去跑了一圈。山上山下有两个塔，上塔在仓圣庙前，下塔在江边同仁寺里。南面下山就是兰溪的义渡，过江上马公嘴去的；自兰溪去龙游的公共汽车站，就在江的南岸。

午前十点钟上汽车去龙游（按当日我系由兰溪绕道至龙游，所以坐的是公共汽车；如果由杭州前往，可乘火车直达，不必再换汽车），正午到，在旅馆中吃午饭后就上城北五里路远的小南海去瞻望竹林禅寺。寺在凤凰山上，俗呼童檀山，下有茶圩村，隔灵水和东岸的观音前村相对。灵水西溪和龙游江的上游诸水，盘旋会合在这凤凰山下，所以沿水岸再向北，一二里路，到一突出的岩头上——大约是灵波亭的旧址——去向南远望，就可以看得出衢州的千岩万壑和近乡的烟树溪流，这又是一幅王摩诘的山水横额。溪中岩石很多，

达夫游记

突出在水底，了了可见，所以水上时有縠纹，两岸的白沙青树，倒影水中，和縠纹交互一织，又象是吴绫蜀锦上的纵横绣迹。小南海的气概并不大，竹林禅院的历史也并不古——是光绪二十七年辛丑僧妙寿所建，新旧《龙游县志》都不载——但纤丽的地方，却有点象六朝人的小品文字。

明汤显祖过凤凰山，有一首诗，载在《县志》上：

> 系舟犹在凤凰山，千里西江此日还，
> 今夜销魂在何处，玉岑东下一重湾。

我也在这貂后续上了一截狗尾：

> 縠水矶头半日游，乱山高下望衢州，
> 西江两岸沙如雪，词客曾经此系舟。

题目是《凤凰山怀汤显祖》。

夜在龙游宿，并且还上城隍庙去看了半夜为募捐而演的戏。龙游地方银行的吴、姜诸公，约于明日中午去吃龙游的土菜，所以三叠石，乌石山等远处，是不能去了。

浙东景物纪略

方岩纪静

　　方岩在永康县东北五十里。自金华至永康的百余里，有公共汽车可坐，从永康至方岩就非坐轿或步行不可；我们去的那天，因为天阴欲雨，所以在永康下公共汽车后就都坐了轿子，向东前进。十五里过金山村，又十五里到芝英，是一大镇，居民约有千户，多应姓者；停轿少息，雨愈下愈大了，就买了些油纸之类，作防雨具。再行十余里，两旁就有起山来了，峰岩奇特，老树纵横，在微雨里望去，形状不一，轿夫一一指示说：

　　"这是公婆岩，那是老虎岩，……老鼠梯。"等等，说了一大串，又数里，就到了岩下街，已经是在方岩的脚下了。

　　凡到过金华的人，总该有这样的一个经验，在旅馆里住下后，每会有些着青布长衫，文质彬彬的乡下先生，来盘问你：

　　"是否去方岩烧香的？这是第几次来进香了？从前住过那

达夫游记

一家？"

你若回答他说是第一次去方岩，那他就会拿出一张名片来，请你上方岩去后，到这一家去住宿。这些都是岩下街的房头，像旅店而又略异的接客者。远在数百里外，就有这些派出代理人来兜揽生意，一则也可以想见一年到头方岩香市之盛，一则也可以推想岩下街四五百家人家，竞争的激烈。

岩下街的所谓房头，经营旅店业而专靠胡公庙吃饭者，总有三五千人，大半系程、应二姓，文风极盛，财产也各可观，房子都系三层楼。大抵的情形，下层系建筑在谷里，中层沿街，上层为楼，房间一家总有三五十间，香市盛的时候，听说每家都患人满。香客之自绍兴、处州、杭州及近县来者，为数固已不少，最远者，且有自福建来的。

从岩下街起，曲折再行三五里，就上山；山上的石级是数不清的，密而且峻，盘旋环绕，要走一个钟头，才走得到胡公庙的峰门。

胡公名则，字子正，永康人，宋兵部侍郎，尝奏免衢、婺二州民丁钱，所以百姓感德，立庙祀之。胡公少时，曾在方岩读过书，故而庙在方岩者为老牌真货。且时显灵异，最著的，有下列数则：

> 宋徽宗时，寇略永康，乡民避寇于方岩，岩有千人坑，大藤悬挂，寇至缘藤而上，忽见赤蛇啮藤断，寇都坠死。

> 盗起清溪，盘踞方岩，首魁夜梦神饮马于岩之池，平明池涸，其徒惊溃。

洪杨事起，近乡近村多遭劫，独方岩得无恙。

民国三年，嵊县乡民，慕胡公之灵异，造庙祀之，乘昏夜来方岩盗胡公头去，欲以之造像，公梦示知事及近乡农民，属捉盗神像头者，盗尽就逮。是年冬间嵊县一乡大火，凡预闻盗公头者皆烧失。翌年八月该乡民又有二人来进香，各毙于路上。

类似这样的奇迹灵异，还数不胜数，所以一年四季，方岩香火不绝，而尤以春秋为盛，朝山进香者，络绎于四方数百里的途上。金华人之远旅他乡者，各就其地建胡公庙以祀公，虽然说是迷信，但感化威力的广大，实在也出乎我们的意料之外，这就是方岩的盛名所以能远播各地的一近因而说的话；至于我们的不远千里，必欲至方岩一看的原因，却在它的山水的幽静灵秀，完全与别种山峰不同的地方。

方岩附近的山，都是绝壁陡起，高二三百丈，面积周围三五里至六七里不等。而峰顶与峰脚，面积无大差异，形状或方或圆，绝似硕大的撑天圆柱。峰岩顶上，又都是平地，林木丛丛，簇生如发。峰的腰际，只是一层一层的沙石岩壁，可望而不可登。间有瀑布奔流，奇树突现，自朝至暮，因日光风雨之移易，形状景象，也千变万化，捉摸不定。山之伟观到此大约是可以说得已臻极顶了吧？

从前看中国画里的奇岩绝壁，皴法皱叠，苍劲雄伟到不可思议的地步，现在到了方岩，向各山略一举目，才知道南宗北派的画山点石，都还有未到之处。在学校里初学英文的时候，读到那一位美国清教作家何桑的《大石面》一篇短篇，颇生异想，身到方岩，方知年幼时的少见多怪，像那篇小说里所写的大石面，在这附近真不知有多多少少。我不曾到过埃及，不知沙漠中的 Sphinx 比起这些岩面来，又该是谁兄谁弟。尤其是天造地设，清幽岑寂到令人毛发悚然的一区境界，是方岩北面相去约二三里地的寿山下五峰书院所在的地方。

北面数峰，远近环拱，至西面而南偏，绝壁千丈，成了一条上突下缩的倒覆危墙。危墙腰下，离地约二三丈的地方，墙脚忽而不见，形成大洞，似巨怪之张口，口腔上下，都是石壁，五峰书院，丽泽祠，学易斋，就建筑在这巨口的上下腭之间，不施椽瓦，而风雨莫及，冬暖夏凉，而红尘不到。更奇峭者，就是这绝壁的忽而向东南的一折，递进而突起了固厚、瀑布、桃花、覆釜、鸡鸣的五个奇峰，峰峰都高大似方岩，而形状颜色，各不相同。立在五峰书院的楼上，只听得见四围飞瀑的清音，仰视天小，鸟飞不渡，对视五峰，青紫无言，向东展望，略见白云远树，浮漾在楔形阔处的空中。一种幽静、清新、伟大的感觉，自然而然地袭向人来；朱晦翁、吕东莱、陈龙川诸道学先生的必择此地来讲学，以及一般宋儒的每喜利用山洞或风景幽丽的地方作讲堂，推其本意，大约总也在想借了自然的威力来压制人欲的缘故，不看金华的山水，这种宋儒的苦心是猜不出来的。

初到方岩的一天，就在微雨里游尽了这五峰书院的周围，与胡公庙的全部。庙在岩顶，规模颇大，前前后后，也有两条街，许多房头，在蒙胡公的福荫；一人成佛，鸡犬都仙，原是中国的旧例。胡公神像，是一位赤面长须的柔和长者，前殿后殿，各有一尊，相貌装饰，两都一样，大约一尊是预备着于出会时用的。我们去的那日，大约刚逢着了废历的十月初一，庙中前殿戏台上在演社戏敬神。台前簇拥着许多老幼男女，各流着些被感动了的随喜之泪，而戏中的情节说辞，我们竟一点儿也不懂；问问立在我们身旁的一位像本地出身，能说普通话的中老绅士，方知戏班是本地班，所演的为《杀狗劝妻》一类的孝义杂剧。

从胡公庙下山，回到了宿处的程XX店中，则客堂上早已经点起了两枝大红烛，摆上了许多大肉大鸡的酒菜，在候我们吃晚饭了；菜蔬丰盛到了极点，但无鱼少海味，所以味也不甚适口。

第二天破晓起来，仍坐原轿绕灵岩的福善寺回永康，路上的风景，也很清异。

第一，灵岩也系同方岩一样的一枝突起的奇峰，峰的半空，有一穿心大洞，长约二三十丈，广可五六丈左右，所谓福善寺者，就系建筑在这大山洞里的。我们由东首上山进洞的后面，通过一条从洞里隔出来的长弄，出南面洞口而至寺内，居然也有天王殿、韦驮殿、观音堂等设置，山洞的大，也可想见了。南面四山环抱，红叶青枝，照耀得可爱之至；因为天晴了，所以空气澄鲜，一道下山去的曲折石级，自上面了望下去，更觉得幽深到不能见底。

下灵岩后，向西北的绕道回去，一路上尽是些低昂的山岭与旋绕的清溪。经过园内有两株数百年古柏的周氏祠庙，将至俗名耳朵岭的五木岭口的中间，一段溪光山影，景色真像是在画里；西南处州各地的远山，呼之欲来，回头四望，清入肺腑。

过五木岭，就是一大平原，北山隐隐，已经看得见横空的一线，十五里到永康，坐公共汽车回金华，还是午后三四点钟的光景。

烂柯纪梦

晋王质，伐木至石室中，见童子四人弹琴而歌，质因倚柯听之。童子以一物如枣核与质，质含之便不复饥。俄顷，童子曰："其归！"承声而去，斧柯攧然烂尽。既归，质去家已数十年，亲情调落，无复向时比矣。

这传说，小时候就听到了，大约总是喜欢念佛的老祖母讲给我们孩子听的神仙故事。和这故事联合在一起的，还有一张习字的时候用的方格红字，叫作"王子去求仙，丹成入九天，山中方七日，世上已千年。"我的所以要把这些儿时的记忆，重新唤起的原因，不过想说一句这故事的普遍流传而已。是以樵子入山，看神仙对弈，斧柯烂尽的事情，各处深山里都可以插得进去，也真怪不得中国各地，有烂柯的遗迹至十余处之多了。但衢州的烂柯山，却是《道书》上所说的"青霞第八洞天"，亦名"景华洞天"的所在，是大家所公认的这烂柯故事的发源本土，也是从金华来衢州游历的人非到不可的地方，故而到衢州的翌日，我们就出发去游柯山（衢州人叫烂柯山都只称柯山）。

十月阳和，本来就是小春的天气，可是我们到烂柯山的那天，觉得比平时的十月，还更加和暖了几分。所以从衢州的小南门出来，打桑树柏树很多的田野里经过，一路上看山看水，走了十六七里路后，在仙寿亭前渡沙步溪，一直到了石桥寺即宝岩寺的脚下，向寺后山上一个通天的大洞看了一眼的时候，方才同从梦里醒转来的人一样，整了一整精神。烂柯山的这一根石梁，实在是伟大，实在是奇怪。

出衢州的南门的时候，眼面前只看得出一排隐隐的青山而已；南门外的桑麻野道，野道旁的池沼清溪，以及牛羊村集，草舍蔗田，风景虽则清丽，但也并不觉得特别的好。可是在仙寿亭前过渡的瞬间，一看那一条澄清澈底的同大江般的溪水，心里已经有点发痒似的想叫起来了，殊不知入山三里，在青葱环绕着的极深奥的区中，更来了这巨人撑足直立似的一个大洞；立在山下，远远望去，就可以从这巨人的胯下，看出后面的一湾碧绿碧绿的青天，云烟缥缈，山意悠闲，清通灵秀，只觉得是身到了别一个天地；一个在城市里住久的俗人，忽入此境，哪能够叫他不目瞪口呆，暗暗里要想到成仙成佛的事情上去呢？

石桥寺，即宝岩寺，在烂柯山的南麓，虽说是梁时创建的古刹，但建筑却已经摧毁得不得了了。寺后上山，踏石级走里把路，就可以到那条石梁或石桥的洞下；洞高二十多丈，宽三十余丈，南北的深约三五丈，真像是悬空从山间凿出来的一条石桥。不过平常的桥梁，决没有这样高大的桥洞而已。石桥的上面，仍旧是层层的岩石，洞上一层，也有中空的一条石缝，爬上去俯身一看，是可以看得出天来的，所谓一线天者，就系指这一条小缝而言。再上去，是石桥的顶上，平坦可以建屋，从前有一个塔，造在这最高峰上，现在却只能看出一堆高高突起的瓦砾，塔是早已倾圮尽了。

达夫游记

石桥下南洞口，有一块圆形岩石蹲伏在那里，石的右旁的一个八角亭，就是所谓迟日亭。这亭的高度，总也有三五丈的样子，但你若跑上北面离柯山略远的小山顶上去了望过来，只觉得是一堆小小的木堆，塞在洞的旁边。石桥洞底壁上，右手刻着明郡守杨子臣写的"烂柯仙洞"四个大字，左手刻着明郡守李遂写的"天生石梁"四个大字，此外还有许多小字的题名记载的石刻，都因为沙石岩容易风化的缘故，已经剥落得看不清楚了。石桥洞下，有十余块断碑残碣，纵横堆叠在那里。三块宋碑的断片，字迹飞舞雄伟，比黄山谷更加有劲。可惜中国人变乱太多，私心太重，这些旧迹名碑，都已经断残缺裂到了不可收拾的地步。《烂柯山志》编者，在金石部下有一段记事说：

　　　　名碑古物之毁于兵燹，宜也；但烂柯山之金石，不幸竟三次被毁于文人，岂非怪事？所谓文人的毁碑，有两次是因建寺而将这些石碑抬了去填过屋基，有一次系一不知姓名者来寺拓碑，拓后便私自将那些较古的碑石凿断敲裂，使后人不复有再见一次的机会。

　　烂柯山南麓，在上山去的石级旁边，还有许多翁仲石马，乱倒在荒榛漫草之中。翻《烂柯山志》一查，才知道明四川巡抚徐忠烈公，葬在此地，俗称徐天官墓者，就是此处。

　　在柯山寺的前前后后，赏玩了两三个钟头，更在寺里吃了一顿午饭，我们就又在暖日之下，和做梦似地回到了衢州，因为衢州城里还有几处地方，非去看一下不可。

一是在豆腐铺作场后面的那座天王塔。

二是城东北隅吴征虏将军郑公舍宅而建的那个古刹祥符寺。

三是孔子家庙，及庙内所藏的子贡手刻的楷木孔子及夫人丌官氏像。

这三处当然是以孔庙和楷木孔子像最为一般人所知道，数千年来的国宝，实在是不容易见到的希世奇珍。

陪我们去孔庙的，是三衢医院的院长孔熊瑞先生，系孔子第七十三代的裔孙。楷木像藏在孔庙西首的一间楼上；像各高尺余，孔子是朝服执圭的一个坐像，丌官夫人的也是一样的一个，但手中无圭。两像颜色苍黑，刻划遒劲，决不是近代人的刀势。据孔先生告诉我们的话，则这两像素来就说是出于端木子贡之手刻，宋南渡时由衍圣公孔端友抱负来衢，供在家庙的思鲁阁上；即以来衢州后的年限来说，也已经有八九百年的历史了。孔子像的面貌，同一般的画像并不相同，两眼及鼻子很大，颧骨不十分高，须分三挂，下垂及拱起的手际，耳朵也比常人大一点儿。孔子的一个圭，一挂须，及一只耳朵，已经损坏了，现在的系后人补刻嵌入的，刀法和刻纹，与原刻的一比，显见得后人的笔势来得软弱。

孔庙正中殿上，尚有孔子塑像一尊，东西两庑，各有迁衢始祖衍圣公孔端友等的塑像数尊，西首思鲁阁下，还有石刻吴道子画的孔子像碑一块；一座家庙，形式格局，完全是圣庙的大成至圣先师之殿。我虽则还不曾到过曲阜，但在这衢州的孔庙内巡视了一下，闭上眼睛，那座圣地的殿堂，仿佛也可以想象得出来了。

达夫游记

衢州西安门外，新河沿下的浮桥边，原也有江干的花市在的，但比到兰溪的江山船，要逊色得多，所以不纪。

仙霞纪险

从衢州南下，一路上迎送着的有不断的青山，更超过几条水色蓝碧的江身，经一大平原，过双塔地，到一区四山围抱的江城，就是江山县了。

江山是以三片石的江郎山出名的地方，南越仙霞关，直通闽粤，西去玉山，便是江西；所谓七省通衢，江山实在是第一个紧要的边境。世乱年荒，这江山县人民的提心吊胆，打草惊蛇的状况，也可以想见的了；我们南来，也不过想见识见识仙霞关的险峻，至于采风访俗，玩水游山，在这一个年头，却是不许轻易去尝试的雅事，所以到江山的第二日一早，我们就急急地雇了一辆汽车，驰往仙霞关去。

在南门外的汽车站上车，三里就到俗名东岳山，有一块老虎岩，并一座明嘉靖年间建置的塔在的景星山下；南行二十里，远远望得见冲天的三块巨岩江郎山，或合或离，在东面的群山中跳跃；再去是淤头，是峡口，是仙霞岭的区域了，去江山虽有八九十里路程，但汽车走走，也只走了两三个钟头的样子。

仙霞岭的面貌，实在是雄奇伟大得很！老远看来，就是那么高那么大的这排百里来长的仙霞山脉，近来一看，更觉得是不见天日了。东西南的三面，弯里有弯，山上有山；奇峰怪石，老树长藤，不计其数；而最曲折不尽，令人方向都分辨不出来的，是新从关外二十八都筑起，沿龙溪、化龙溪两支深山中的大水而行的那条通江山的汽车公路。

五步一转弯，三步一上岭，一面是流泉涡旋的深坑万丈，一面又是鸟飞不到的绝壁千寻。转一个弯，变一番景色，上一条岭，辟一个天地，上上下下，去去回回，我们在仙霞山中，龙溪岸上，自北去南，因为要绕过仙霞关去，汽车足足走了有一个多钟头的山路。山的高，水的深，与夫弯的多，路的险，不折不扣的说将出来，比杭州的九溪十八涧，起码总要超过三百多倍。要看山水的曲折，要试车路的崎岖，要将性命和运命去拚拚，想尝一尝生死关头，千钧一发的冒险异味的人，仙霞岭不可不到，尤其是从仙霞关北麓绕路出关，上关南二十八都去的这一条新辟的汽车公路，不可不去一走。车到关南，行经小竿岭的那个隘口，近瞰二十八都谷底里的人家，远望浦城枫岭诸峰的青影的时候，我真感到了一种一则以喜一则以惧的说不出的心理；喜的是关后许多险隘，已经被我走过了，惧的是直望山脚的目的地二十八都，虽然是只离开了一程抛石的空间，但山坡陡削，直冲下去，总也还有二三千尺的高度。这时候回头来看看仙霞关，一条石级铺得像蛇腹似的曩时的鸟道，却早已高高隐没在云雾与树木的中间了。

从小竿岭的隘口下来，盘旋回绕，再走了三四十分钟，到仙霞关外第一口的二十八都去一看，忽然间大家的身上又起了一层鸡皮的细粒。

太阳分明是高照在那里，天色当然是苍苍的，高大的人家的住屋，也一层一层的排列着在，但是人哩，活的生动着

达夫游记

· 31 ·

的人哩，人都到那里去了呢？

许许多多的很整齐的人家，窗户都是掩着的，门却是半开半闭，或者竟全无地空空洞洞同死鲈鱼的口嘴似的张开在那里。踏进去一看，地下只散乱铺着有许多稻草。脚步声在空屋里反射出来的那一种响声，自己听了也要害怕。忽而索落落屋角的黑暗处稻草一动，偶而也会立起一个人来，但只光着眼睛，向你上下一打量，他就悄悄的避开了。你若追上去问他一句话呢，他只很勉强地站立下来，对你又是光着眼睛的一番打量，摇摇头，露一脸阴风惨惨的苦笑，就又走了，回话是一句也不说的。

我们照这样的搜寻空屋，搜寻了好几处，才找到了一所基干队驻扎在那里的处所。守卫的兵士，对我们起初当然也是很含有疑惧的一番打量，听了我们的许多说明之后，他才开口说："昨晚上又有谣言。居民是自从去年九月以来，早就搬走了。在这里要吃一顿饭，是很不容易，因为豆腐青菜都没有人做，但今天早晨，队长是已经接到了江山胡站长的信，饭大约总在预备了罢？"说了，就请我们上大厅去歇息。我们看到了这一种情形，听到了那一番话，食欲早就被恐怖打倒了，所以道了一声队长万福，跳上车子，转身就走。

重回到小竿岭的那个隘口的时候，几刻钟前曾经盘问我们过，幸亏有了陈万里先生的那个徽章证明，才安然放我们过去的那位捧大刀的守卫兵，却笑着对我们说："你们就回去了么？"回来一过此口，已经入了安全地带，我们的胆子也大起来了，就在龙溪边上，一处叫作大坞的溪桥旁边下了车，打算爬上山去，亲眼去看一看那座也可以说是一夫当关，万夫莫开，宋史浩方把石路铺起来的仙霞关口。一面，叫空车子仍遵原路，绕到仙霞关北相去五里的保安村去等候我们，好让我们由关南上岭，关北下山，一路上看看风景。

据书上的记载，则仙霞岭高三百六十级，凡二十四曲，有五关，X十峰等等，我们因为是从半腰里上去的，所以所走的只是关门所在的那一段。

仙霞关，前前后后，有四个关门。第二关的边上，将近顶边的地方，有一座新筑的碉楼在那里，据陪我们去游的胡站长说，江山近旁，共有碉楼四十余处，是新近才筑起来的，但汽车路一开，这些碉楼，这座雄关，将来怕都要变成些虚有其名的古迹了。

仙霞关内岭顶，有一座霞岭亭，亭旁住着一家人家，从前大约是守关官吏的住所，现在却只剩了一位老人，在那里卖茶给过路的行人。

北面出关，下岭里许，是一个关帝庙。规模很大，有观音阁、浣霞池亭等建筑，大约从前的闽浙官吏来往，总是在这庙内寄宿的无疑。现在东面浣霞池的亭上，还有许多周亮工的过关诗，以及清初诸名宦的唱和诗碣，嵌在石壁的中间。

在关帝庙里喝了一碗茶，买了些有名的仙霞关的绿茶茶叶，晚霞已经围住了山腰，我们的手上脸上都感觉得有点潮润起来了，大家就不约而同的叫了出来说：

"啊！原来这些就是仙霞！不到此地，可真不晓得这关名之妙喂！"

下岭过溪，走到溪旁的保安村里，坐上车子，再探头出来看了一眼曾经我们走过的山岭，这座东南的雄镇，却早已

达夫游记

羞羞怯怯，躲入到一片白茫茫的仙霞怀里去了。

冰川纪秀

冰川是玉山东南门外环城的一条大溪，我们上玉山到这溪边的时候，因为杭江铁路车尚未通，是由江山坐汽车绕广丰，直驱了二三百里的长路，好容易才走到的。到了冰溪的南岸来一看，在衢州见了颜色两样的城墙时所感到的那种异样的，紧张的空气，更是迫切了；走下汽车，对手执大刀，在浮桥边检查行人的兵士们偷抛了几眼斜视，我们就只好决定不进城去，但在冰川旁边走走，马上再坐原车回去江山。

玉山城外是由这一条天生的城河冰溪环抱在那里的，东南半角却有着好几处雁齿似的浮桥。浮桥的脚上，手捧着明晃晃的大刀，肩负着黄苍苍的马枪，在那里检查入城证、良民证的兵士，看起来相貌都觉得是很可怕。

从冰川第一楼下绕过，沿堤走向东南，一块大空地，一个大森林，就是郭家洲了。武安山障在南边，普宁寺、鹤岭寺接在东首。单就这一角的风景来说，有山有水，还有水车、磨房、渔梁、石埭、水闸、长堤，凡中国画或水彩画里所用得着的各种点景的品物，都已经齐备了；在这样小的一个背景里，能具备着这么些个秀丽的点缀品的地方，我觉得行尽了江浙的两地，也是很不多见的。而尤其是出乎我们的意料之外的，是郭家洲这一个三角洲上的那些树林的疏散的逸韵。

郭家洲，从前大约也是冰溪的流水所经过的地方，但时移势易，沧海现在竟变作了桑田了；那一排疏疏落落的杂树林，同外国古宫旧堡的画上所有的那样的那排大树，少算算，大约总也已经有了百数岁的年纪。

这一次在漫游浙东的途中，看见的山也真不少了，但每次总觉得有点美中不足的，是树木的稀少；不意一跨入了这江西的境界，就近在县城的旁边，居然竟能够看到了这一个自然形成的像公园似的大杂树林！

城里既然进不去，爬山又恐怕没有时间，并且离县城向西向北十来里地的境界，去走就有点儿危险，万不得已，自然只好横过郭家洲，上鹤岭寺山上的那一个北面的空亭，去遥想玉山的城市了。

玉山城里的人家，实在整洁得很。沿城河的一排住宅，窗明几净，倒影溪中，远看好像是威匿思市里的通衢。太阳斜了，城里头起了炊烟，水上的微波，也渐渐地渐渐地带上了红影。西北的高山一带，有一个尖峰突起，活像是倒插的笔尖，大约是怀玉山了吧？

这一回沿杭江铁路西南直下，千里的游程，到玉山城外终止了。"冰为溪水玉为山！"坐上了向原路回来的汽车，我念着戴叔伦的这一句现成的诗句，觉得这一次旅行的煞尾，倒很有点儿像德国浪漫派诗人的小说。

一九三三年十二月稿

达夫游记

钓台的春昼

因为近在咫尺，以为什么时候要去就可以去，我们对于本乡本土的名区胜景，反而往往没有机会去玩，或不容易下一个决心去玩的。正唯其是如此，我对于富春江上的严陵，二十年来，心里虽每在记着，但脚却没有向这一方面走过。一九三一，岁在辛未，暮春三月，春服未成，而中央党帝，似乎又想玩一个秦始皇所玩过的把戏了，我接到了警告，就仓皇离去了寓居。先在江浙附近的穷乡里，游息了几天，偶尔看见了一家扫墓的行舟，乡愁一动，就定下了归计。绕了一个大弯，赶到故乡，却正好还在清明寒食的节前。和家人等去上了几处坟，与许久不曾见过面的亲戚朋友，来往热闹了几天，一种乡居的倦怠，忽而袭上心来了，于是乎我就决心上钓台去访一访严子陵的幽居。

钓台去桐庐县城二十余里，桐庐去富阳县治九十里不足，自富阳溯江而上，坐小火轮三小时可达桐庐，再上则须坐帆船了。

我去的那一天，记得是阴晴欲雨的养花天，并且系坐晚班轮去的，船到桐庐，已经是灯火微明的黄昏时候了，不得已就只得在码头近边的一家旅馆的高楼上借了一宵宿。

桐庐县城，大约有三里路长，三千多烟灶，一二万居民，地在富春江西北岸，从前是皖浙交通的要道，现在杭江铁路一开，似乎没有一二十年前的繁华热闹了。尤其要使旅客感到萧条的，却是桐君山脚下的那一队花船的失去了踪影。说起桐君山，原是桐庐县的一个接近城市的灵山胜地，山虽不高，但因有仙，自然是灵了。以形势来论，这桐君山，也的确是可以产生出许多口音生硬，别具风韵的桐严嫂来的生龙活脉；地处在桐溪东岸，正当桐溪和富春江合流之所，依依一水，西岸便瞰视着桐庐县市的人家烟树。南面对江，便是十里长洲；唐诗人方干的故居，就在这十里桐洲九里花的花田深处。向西越过桐庐县城，更遥遥对着一排高低不定的青峦，这就是富春山的山子山孙了。东北面山下，是一片桑麻沃地，有一条长蛇似的官道，隐而复现，出没盘曲在桃花杨柳洋槐榆树的中间；绕过一支小岭，便是富阳县的境界，大约去程明道的墓地程坟，总也不过一二十里地的间隔，我的去拜谒桐君，瞻仰道观，就在那一天到桐庐的晚上，是谈云微月，正在作雨的时候。

鱼梁渡头，因为夜渡无人，渡船停在东岸的桐君山下。我从旅馆踱了出来，先在离轮埠不远的渡口停立了几分钟，后来向一位来渡口洗夜饭米的年轻少妇，弓身请问了一回，才得到了渡江的秘诀。她说："你只须高喊两三声，船自会来的。"先谢了她教我的好意，然后以两手围成了播音的喇叭，"喂，喂，渡船请摇过来！"地纵声一喊，果然在半江的黑影

达夫游记

当中，船身摇动了。渐摇渐近，五分钟后，我在渡口，却终于听出了咿呀柔橹的声音。时间似乎已经入了酉时的下刻，小市里的群动，这时候都已经静息；自从渡口的那位少妇，在微茫的夜色里，藏去了她那张白团团的面影之后，我独立在江边，不知不觉心里头却兀自感到了一种他乡日暮的悲哀。渡船到岸，船头上起了几声微微的水浪清音，又铜东的一响，我早已跳上了船，渡船也已经掉过头来了。坐在黑沉沉的舱里，我起先只在静听着柔橹划水的声音，然后却在黑影里看出了一星船家在吸着的长烟管头上的烟火，最后因为沉默压迫不过，我只好开口说话了："船家！你这样的渡我过去，该给你几个船钱？"我问。"随你先生把几个就是。"船家说话冗慢幽长，似乎已经带着些睡意了，我就向袋里摸出了两角钱来。"这两角钱，就算是我的渡船钱，请你候我一会，上去烧一次夜香，我是依旧要渡过江来的。"船家的回答，只是恩恩乌乌，幽幽同牛叫似的一种鼻音，然而从继这鼻音而起的两三声轻快的喀声听来，他却似已经在感到满足了，因为我也知道，乡间的义渡，船钱最多也不过是两三枚铜子而已。

到了桐君山下，在山影和树影交掩着的崎岖道上，我上岸走不上几步，就被一块乱石绊倒，滑跌了一次。船家似乎也动了恻隐之心了，一句话也不发，跑将上来，他却突然交给了我一盒火柴。我于感谢了一番他的盛意之后，重整步武，再摸上山去，先是必须点一枝火柴走三五步路的，但到得半山，路既就了规律，而微云堆里的半规月色，也朦胧地现出一痕银线来了，所以手里还存着的半盒火柴，就被我藏入了袋里。路是从山的西北，盘曲而上；渐走渐高，半山一到，天也开朗了一点，桐庐县市上的灯火，也星星可数了。更纵目向江心望去，富春江两岸的船上和桐溪合流口停泊着的船尾船头，也看得出一点一点的火来。走过半山，桐君观里的晚祷钟鼓，似乎还没有息尽，耳朵里仿佛听见了几丝木鱼钲铙的残声。走上山顶，先在半途遇着了一道道观外围的女墙，这女墙的栅门，却已经掩上了。在栅门外徘徊了一刻，觉得已经到了此门而不进去，终于是不能满足我这一次暗夜冒险的好奇怪僻的。所以细想了几次，还是决心进去，非进去不可，轻轻用手往里面一推，栅门却呀的一声，早已退向了后方开开了，这门原来是虚掩在那里的。进了栅门，踏着为淡月所映照的石砌平路，向东向南的前走了五六十步，居然走到了道观的大门之外，这两扇朱红漆的大门，不消说是紧闭在那里的。到了此地，我却不想再破门进去了，因为这大门是朝南向着大江开的，门外头是一条一丈来宽的石砌步道，步道的一旁是道观的墙，一旁便是山坡，靠山坡的一面，并且还有一道二尺来高的石墙筑在那里，大约是代替栏杆，防人倾跌下山去的用意；石墙之上，铺的是二三尺宽的青石，在这似石栏又似石凳的墙上，尽可以坐卧游息，饱看桐江和对岸的风景，就是在这里坐它一晚，也很可以，我又何必去打开门来，惊起那些老道的恶梦呢？

空旷的天空里，流涨着的只是些灰白的云，云层缺处，原也看得出半角的天，和一点两点的星，但看起来最饶风趣的，却仍是欲藏还露，将见仍无的那半规月影。这时候江面上似乎起了风，云脚的迁移，更来得迅速了，而低头向江心一看，几多散乱着的船里的灯光，也忽明忽灭地变换了一变换位置。

达夫游记

这道观大门外的景色，真神奇极了。我当十几年前，在放浪的游程里，曾向瓜州京口一带，消磨过不少的时日；那时觉得果然名不虚传的，确是甘露寺外的江山，而现在到了桐庐，昏夜上这桐君山来一看，又觉得这江山之秀而且静，风景的整而不散，却非那天下第一江山的北固山所可与比拟的了。真也难怪得严子陵，难怪得戴徵士，倘使我若能在这样的地方结屋读书，以养天年，那还要什么的高官厚禄，还要什么的浮名虚誉哩？一个人在这桐君观前的石凳上，看看山，看看水，看看城中灯火和天上的星云，更做做浩无边际的无聊的幻梦，我竟忘记了时刻，忘记了自身，直等到隔江的击柝声传来，向西一看，忽而觉得城中的灯影微茫地减了，才跑也似地走下了山来，渡江奔回了客舍。

　　第二日侵晨，觉得昨天在桐君观前做过的残梦正还没有续完的时候，窗外面忽而传来了一阵吹角的声音。好梦虽被打破，但因这同吹筚篥似的商音哀咽，却很含着些荒凉的古意，并且晓风残月，杨柳岸边，也正好候船待发，上严陵去；所以心里纵怀着了些儿怨恨，但脸上却只现出了一痕微笑，起来梳洗更衣，叫茶房去雇船去。雇好了一只双桨的渔舟，买就了些酒菜鱼米，就在旅馆前面的码头上上了船。轻轻向江心摇出去的时候，东方的云幕中间，已现出了几丝红韵，有八点多钟了；舟师急得历害，只在埋怨旅馆的茶房，为什么昨晚不预先告诉，好早一点出发。因为此去就是七里滩头，无风七里，有风七十里，上钓台去玩一趟回来，路程虽则有限，但这几日风雨无常，说不定要走夜路，才回来得了的。

　　过了桐庐，江心狭窄，浅滩果然多起来了。路上遇着的来往的行舟，数目也是很少，因为早晨吹的角，就是往建德去的快班船的信号，快班船一开，来往于两埠之间的船就不十分多了。两岸全是青青的山，中间是一条清浅的水，有时候过一个沙洲，洲上的桃花菜花，还有许多不晓得名字的白色的花，正在喧闹着春暮，吸引着蜂蝶。我在船头上一口一口的喝着严东关的药酒，指东话西地问着船家，这是甚么山？那是甚么港？惊叹了半天，称颂了半天，人也觉得倦了，不晓得什么时候，身子却走上了一家水边的酒楼，在和数年不见的几位已经做了党官的朋友高谈阔论。谈论之余，还背诵了一首两三年前曾在同一的情形之下做成的歪诗：

> 不是尊前爱惜身，伴狂难免假成真，
> 曾因酒醉鞭名马，生怕情多累美人。
> 劫数东南天作孽，鸡鸣风雨海扬尘，
> 悲歌痛哭终何补，义士纷纷说帝秦。

直到盛筵将散，我酒也不想再喝了，和几位朋友闹得心里各自难堪，连对旁边坐着的两位陪酒的名花都不愿意开口。正在这上下不得的苦闷关头，船家却大声的叫了起来说：

"先生，罗芷过了，钓台就在前面，你醒醒罢，好上山去烧饭吃去。"

擦擦眼睛，整了一整衣服，抬起头来一看，四面的水光山色又忽而变了样子了。清清的一条浅水，比前又窄了几分，四围的山包得格外的紧了，仿佛是前无去路的样子。并且山容峻削，看去觉得格外的瘦格外的高。向天上地下四围看看，

达夫游记

只寂寂的看不见一个人类。双桨的摇响，到此似乎也不敢放肆了，钩的一声过后，要好半天才来一个幽幽的回响，静，静，静，身边水上，山下岩头，只沉浸着太古的静，死灭的静，山峡里连飞鸟的影子也看不见半只。前面的所谓钓台山上，只看得见两大个石垒，一间歪斜的亭子，许多纵横芜杂的草木。山腰里的那座祠堂，也只露着些废垣残瓦，屋上面连炊烟都没有一丝半缕，像是好久好久没有人住了的样子。并且天气又来得阴森，早晨曾经露一露脸过的太阳，这时候早已深藏在云堆里了，余下来的只是时有时无从侧面吹来的阴飕飕的半箭儿山风。船靠了山脚，跟着前面背着酒菜鱼米的船夫，走上严先生祠堂去的时候，我心里真有点害怕，怕在这荒山里要遇见一个干枯苍老得同丝瓜筋似的严先生的鬼魂。

在祠堂西院的客厅里坐定，和严先生的不知第几代的裔孙谈了几句关于年岁水旱的话后，我的心跳，也渐渐儿的镇静下去了，嘱托了他以煮饭烧菜的杂务，我和船家就从断碑乱石中间爬上了钓台。

东西两石垒，高各有二三百尺，离江面约两里来远，东西台相去，只有一二百步，但其间却夹着一条深谷，立在东台，可以看得出罗芷的人家，回头展望来路，风景似乎散漫一点，而一上谢氏的西台，向西望去，则幽谷里的清景，却绝对的不像是在人间了。我虽则没有到过瑞士，但到了西台，朝西一看，立时就想起了曾在照片上看见过的威廉退儿的祠堂。这四山的幽静，这江水的青蓝，简直同在画片上的珂罗版色彩，一色也没有两样；所不同的，就是在这儿的变化更多一点，周围的环境更芜杂不整齐一点而已，但这却是好处，这正是足以代表东方民族性的颓废荒凉的美。

从钓台下来，回到严先生的祠堂——记得这是洪杨以后严州知府戴槃重建的祠堂——西院里饱啖了一顿酒肉，我觉得有点酩酊微醉了。手拿着以火柴柄制成的牙签，走到东面供着严先生神像的龛前，向四面的破壁上一看，翠墨淋漓，题在那里的，竟多是些俗而不雅的过路高官的手笔。最后到了南面的一块白墙头上，在离屋檐不远的一角高处，却看到了我们的一位新近去世的同乡夏灵峰先生的四句似邵尧夫而又略带感慨的诗句。夏灵峰先生虽则只知崇古，不善处今，但是五十年来，像他那样的顽固自尊的亡清遗老，也的确是没有第二个人。比较起现在的那些官迷财迷的南满尚书和东洋宦婢来，他的经术言行，姑且不必去论它，就是以骨头来称称，我想也要比什么罗三郎郑太郎辈，重到好几百倍。慕贤的心一动，醺人的臭技自然是难熬了，堆起了几张桌椅，借得了一枝破笔，我也在高墙上在夏灵峰先生的脚后放上了一个陈屁，就是在船舱的梦里，也曾微吟过的那一首歪诗。

从墙头上跳将下来，又向龛前天井去走了一圈，觉得酒后的喉咙，有点渴痒了，所以就又走回到了西院，静坐着喝了两碗清茶。在这四大无声，只听见我自己的啾啾喝水的舌音冲击到那座破院的败壁上去的寂静中间，同惊雷似地一响，院后的竹园里却忽而飞出了一声闲长而又有节奏似的鸡啼的声来。同时在门外面歇着的船家，也走进了院门，高声的对我说：

"先生，我们回去罢，已经是吃点心的时候了，你不听见那只公鸡在后山啼么？我们回去罢！"

一九三二年八月在上海写

达夫游记

桐君山的再到

　　杭州建德的公共汽车路开后，自富阳至桐庐的一段，我
还没有坐过。每听人说，钓台在修理了，报上也登着说，某
某等名公已经发出募捐启事，预备为严先生重建祠宇了；但
问问自桐庐来的朋友，却大家都说，严先生祠宇的倾颓，钓
台山路的芜窄，还是同从前一样。祠宇的修不修，倒也没有
多大的问题，回头把严先生的神像供入了红墙铁骨的洋楼，
使烧香者多添些摩登的红绿士女，倒也许不是严先生的本意。
但那一条路，那一条停船上山去的路，我想总还得略为开辟
一下才好；虽不必使着高跟鞋者，亦得拾级而登，不过至少
至少总也该使谢皋羽的泪眼，也辨得出路径来。这是当我没
有重到桐庐去之先的个人的愿望，大约在三年以前去过一次
钓台的人，总都是这么在那里想的无疑。

　　大热的暑期过后，浙江内地的旱苗，虽则依旧不能够复
活，但神经衰弱，长年象在患肺病似的我们这些小都会的寄
生虫，一交秋节，居然也恢复了些元气，如得了再生的中暑

病者。秋潮看了，满家巷的桂花盛时也过了，无风无雨，连晴直到了重阳。秋高蟹壮，气候虽略嫌不定，但出去旅行，倒也还合适，正在打算背起包裹雨伞，上那里去走走，恰巧来了一位一年多不见的老友，于是乎就定下了半月间闲游过去的计划。

头两天，不消说是在湖上消磨了的，尤其是以从云栖穿竹径上五云山，过郎当岭而出灵隐的那一天，内容最为充实。若要在杭州附近，而看些重岚叠嶂，想象想象浙西的山水者，这一条路不可不走。现成的证据，我就可以举出这位老友来。他的交游满天下，欧美日本，历国四十余，身产在白山黑水间，中国本部，十八省经过十三四，五岳匡庐，或登或望，早收在胸臆之中；可是一上了这一条路，朝西看看夕照下的群山，朝南朝东看看明镜似的大江与西湖，也忘记了疲倦，忘记了世界，唱出了一句"谁说杭州没有山！"的打油腔。

好书不厌百回读，好山好水，自然是难得仔细看的。在五云山上，初尝了一点点富春江的散文味的这位老友，更定了再溯上去，去寻出黄子久的粉本来的雄图。

天气依然还是晴着，脚力亦尚可以对付，汽车也居然借到了，十月二十的早晨九点多钟，我们就从万松岭下驶过，经梵村，历转塘，从两岸的青山巷里，飞驰而到了富阳县的西门。富阳本来是我的故里，一县的山光水色，早在我的许多短篇里描写过了；我自然并不觉得怎么，可是我的那位老友，饭后上了我们的那间松筠别墅的厅房，开窗南望，竟对了定山，对了江帆，对了溶化在阳光里的远山簇簇，发了十五六分钟的呆。

达夫游记

· 45 ·

从杭州到富阳，四十二公里，以旧制的驿里来计算，约一九内外；汽车走走，一个钟头就可以到，一顿饭倒费去了我们百余分钟，我问老友，黄子久看到了这一块中段，也已经够了吧？他说："也还够，也还不够。"我的意思，是好花看到半开时，预备劝他回杭州去了，但我们的那位年轻气锐的汽车夫，却屈着指头算给我们听说："此去再行百里，两点半可到桐庐，在桐庐玩一个钟头，三点半开车，直驶杭州，六点准可以到。"本来是同野鹤一样的我们，多看点山水，当然也不会得患食丧之病；汽车只教能行，自然是去的，去的，去去也有何妨。

一出富阳，向西偏南，六十里地的旱程中间，山色又不同了。峰岭并不成重，而包围在汽车四周的一带，却呈露着千层万层的波浪。小小的新登县，本名新城，烟户不满千家，城墙像是土堡，而县城外的小山，小山上的小塔，却来得特别的多，一条松溪，本来也是很小的，但在这小人国似的山川城廓之中流过，看起来倒觉得很大了。像这样的一个小县里，居然也出了许远，出了杜建徽，出了罗隐那么的大人物，可见得山水人物，是不能以比例来算的。文弱的浙西，出个把罗隐，倒也算不得什么，但那堂堂的两位武将，自唐历宋以至吴越，仅隔百年，居然出了这两位武将，可真有点儿厉害。

车过新登，沿鼋江的一段，风景又变了一变；因路线折向了南，钱塘江隔岸的青山，万笏朝天，渐渐露起头角来了。鼋江就是江上常有二气，因杜建徽、罗隐生而不见的传说的产地；隔岸的高山，就是孙伯符的祖墓所在，地属富阳、浦江交界处的天子岗头。

从此经岘口，过窄溪，沿桐溪大江，曲折回旋，凡二三十里，直到桐君山的脚下。三面是山，一面是水，风景的清幽，林木的茂盛，石岩的奇妙，自然要比仙霞关、山阳坑更增数倍；不过曲折不如，雄大稍逊，这一点或者不好向由公路到过安徽到过福建的人夸一句大口。

桐君山上的清景，我已于三四年前来过之后速写过一篇《钓台的春昼》；由爱山爱水的人看来，或者对此真山真水会百看也不至生厌恶之情，但由我这枝破笔写来，怕重写不上两句，就要使人讨厌了，因为我决没有这样的本领，这样的富于变化而生动的笔力。不过有一件事，却得声明，前次是月夜来看，这次是夕阳下来看的；我想风雨的中宵，或晴明的早午，来登此处，总也有一番异景，与前次这次我所看见的，完全不同。

桐君山下，桐溪与富春江合流之处，是渡头了。汽车渡江，更向西南直上，可以抄过富春山的背后，从西面而登钓台。我这次虽则不曾渡江，但在桐君山的殿阁的窗里，向西望去，只看见有一线的黄蛇，曲折缭绕在夕阳山翠之中；有了这条公路，钓台前面的那个泊船之处以及上山的道路，自然是可以不必修了，因为从富春山后面攀登上去，居高临下，远望望钓台，远望望钓台上下的山峡清溪，这飞鹰的下瞰，可以使严陵来得更加幽美，更加卓越。这一天晚上，六点多钟，车回到杭州的时候，我还在痴想，想几时去弄一笔整款来，把我的全家，我的破书和酒壶等都搬上这桐庐县的东西乡，或是桐君山，或是钓台山的附近去。

一九三四年十月二十二日雁荡之前夜

达夫游记

过富春江

前两天增嘏和他的妹妹，以及英国军官晏子少校（Major Edward Ainger）来杭州，我们于醉谈游步之余，还定下了一个上富春江去的计划。

这一位少校，实在有趣；在东方驻扎得久了，他非但生活习惯，都染了中国风，连他的容貌态度，也十足带着了中国气，他的身材本不十分高大，但背脊伛偻，同我们中国的中年人比较起来，向背后望去，简直是辨不出谁黄谁白；一般军人所特有的那一种挺胸突肚，傲岸的气象，在他身上，是丝毫也不具的。他的两脚又像日本人似地向外弓曲，立起正来，中间会露出一条小缝，这当然因为他是骑兵，在马背上过日子过得多的缘故。

他虽则会开飞机，开汽车，划船，骑马，但不会走路；所以他说，他不喜欢山，却喜欢水！在西湖里荡了两日舟，他问起近边更还有什么好的地方没有，我们就决定了再陪他上富春江去的计划；好在汽车是他自己会开，有半日的工夫，就可以往返的。

驶过六和塔下，走上江边一带波形的道上的时候，他果然喜欢极了，他说这地方有点像日本的濑户内海。江潮落了，江水绿得迷人；而那一天午后，又是淡云微日的暮秋天，在太阳底下走起路来，还要出一点潮汗。过了梵村，驰上四面是小山，满望是稻田的杭富交界的平原里，景象又变了一变，他说只有美国东部的乡村里，有这一种干草黄时的和平村景，他倒又想起在美国时候的事情来了。

由富阳站里，沿了新开的那条环城马路，把车开到了鹳山脚下，一步登天，爬上春江第一楼头眺望的时候，他才吃了一惊，说这山水真像是摩西的魔术。因为车由凌家桥转弯，跑在杭富道上，所见的只是些青山平谷，茅舍枫林；到得富阳，沿了那座弓也似的舒姑屏山脚，驶入站里，也只能看到些错落的人家，与一排人家南岸的高山；就是到了东城脚下，在很狭的新筑马路上走下车来的一刻，没有到过富阳的人，也决不会想到登山几步，就可以看见这一幅山重水复的黄子久的画图的。

我们在山头那株樟树下的石栏上坐了好久，增嘏并且还指着山下的一块汉高士严子陵先生垂钓处的石碑，将范文正公的祠堂记，以及上面七里泷边东台西台的故事，译给了这一位少校听。他听到了谢皋羽的西台恸哭的一幕，却兴奋起来了，说："为什么不拿这个故事来做一本戏剧？像雪勒的《威廉退儿》一样，这地方倒也很可以起一座谢氏的祠堂。"

回来的时候，天色已经晚了；他一面开着车，眼睛呆呆看着远处，一边却幽幽的告诉我和增嘏说："我若要选择第二个国籍的话，那我情愿来做个中国人。"

达夫游记

车过分境岭后，他跳下车来，去看了一番建筑在近边山上的碉堡；我留在车里，陪伴着一位小姐，一位太太，从车窗里看见了他的那个向前微俯的背影，以及两脚蹒跚在斜阳衰草的山道上的缓步，我却突然间想起了一篇哈代的短篇，题名叫作《忧郁的骑兵》的小说。联想一活动，并且又想起刚才在鹳山上所谈的那一段话来了，皱鼻一哼，就哼出了这样的二十八字：

　　　　三分天下二分亡，四海何人吊国殇，
　　　　偶向西台台畔过，苔痕犹似泪淋浪。

　　双十节近在目前，我想将这几句狗屁诗来应景，把它当作国庆日的哀词，倒也使得。

二十四年十月九日

杭州

　　杭州的出名，一大半是为了西湖。而人工的建设，都会的形成，初则是由于唐末五代，武肃王钱镠（西历十世纪初期）的割据东南，——"隋朝特创立此郡城，仅三十六里九十步；后武肃钱王，发民丁与十三寨军卒，增筑罗城，周围七十里许。……"（吴自牧《梦粱录》卷七）——再则是由于南宋建炎三年（一一二九），高宗的临安驻跸，奠定国都。至若唐白乐天与宋苏东坡的筑堤导水，原也有功于杭郡人民，可是仅仅一位醉酒吟诗携妓的郡守的力量，无论如何，也是不能和帝王匹敌的。

　　据说，杭州的杭字，是因"禹末年，巡会稽至此，舍航登陆，乃名杭，始见于文字。"（柴虎臣著《杭州沿革大事考》）因之，我们可以猜想，禹以前，杭州总还是一个泽国。而这一个四千余年前的泽国，后来为越为吴，也为吴越的战场，为东汉的浙江，为三国吴的富春，为晋的吴郡，为隋唐的杭州，两为偏安国都，迭为省治，现在并且成了东南五省交通的孔道，歌舞喧天，别庄满地，简直又要恢复南宋当时的首都旧观了。

我的来住杭州，本不是想上西湖来寻梦，更不是想弯强弩来射潮；不过妻杭人也，雅擅杭音，父祖富春产也，歌哭于斯，叶落归根，人穷返里，故乡鱼米较廉，借债亦易，——今年可不敢说，——屋租尤其便宜，铩羽归来，正好在此地偷安苟活，坐以待亡。搬来住后，岁月匆匆，一眨眼间，也已经住了一年有半了。朋友中间晓得我的杭州住址者，于春秋佳日，旅游西湖之余，往往肯命高轩来枉顾。我也因独处穷乡，孤寂得可怜，我朋自远方来，自然喜欢和他们谈谈旧事，说说杭州。这么一来，不几何时，大家似乎已经把我看成了杭州的管钥，山水的东家；《中学生》杂志编者的特地写信来要我写点关于杭州的文章，大约原因总也在于此。

关于杭州一般的兴废沿革，有《浙江通志》、《杭州府志》、《仁钱县志》诸大部的书在；关于杭州的掌故，湖山的史迹等等，也早有了光绪年间钱塘丁申、丁丙两氏编刻的《武林掌故丛编》、《西湖集览》，与新旧《西湖志》、《湖山便览》以及诸大书局大文豪的西湖游记或西湖游览指南诸书，可作参考；所以在这里，对这些，我不想再来饶舌，以虚费纸面和读者的光阴。第一，我觉得还值得一写，而对于读者，或者也不至于全然没趣的，是杭州人的性格；所以，我打算先从"杭州人"讲起。

第一个杭州人，究竟是那里来的？这杭州人种的起源问题，怕同先有鸡蛋呢还是先有鸡一样，就是叫达尔文从阴司里复活转来，也很不容易解决。好在这些并非是我们的主题，故而假定当杭州这一块陆土出水不久，就有些野蛮的，好渔猎的人来住了，这些蛮人，我们就姑且当他们是杭州人的祖宗。吴越国人，一向是好战、坚忍、刻苦、猜忌，而富于巧智的。自从用了美人计，征服了姑苏以来，兵事上虽则占了胜利，但民俗上却吃了大亏；喜斗，坚忍，刻苦之风，渐渐地消灭了。倒是猜忌，使计诸官能，逐步发达了起来。其后经楚威王，秦始皇，汉高帝等的挞伐，杭州人就永远处入了被征服者的地位，隶属在北方人的胯下。三国纷纷，孙家父子崛起，国号曰吴，杭州人总算又吐了一口气，这一口气，隐忍过隋唐两世，至钱武肃王而吐尽；不久南宋迁都，固有的杭州人的骨里，混入了汴京都的人士的文弱血球，于是现在的杭州人的性格，就此决定了。

意志的薄弱，议论的纷纭；外强中干，喜撑场面；小事机警，大事糊涂；以文雅自夸，以清高自命；只解欢娱，不知振作等等，就是现在的杭州人的特性；这些，虽然是中国一般人的通病，但是看来看去，我总觉得以杭州人为尤甚。所以由外乡人说来，每以为杭州人是最狡猾的人，狡猾得比上海滩上的滑头还要厉害。但其实呢，杭州人只晓得占一点眼前的小利小名，暗中在吃大亏，可是不顾到的。等到大亏吃了，杭州人还要自以为是，自命为直，无以名之，名之曰"杭铁头"以自慰自欺。生性本是勤而且俭的杭州人，反以为勤俭是倒霉的事情，是贫困的暴露，是与面子有关的，所以父母教子弟的第一个原则，就是教他们游惰过日，摆大少爷的架子。等空壳大少爷的架子学成，父母年老，财产荡尽的时候，这些大少爷们在白天，还要上西湖去逛逛，弄件把长衫来穿穿，饿着肚皮而高使着牙签；到了晚上上黑暗的地方去跪着讨饭，或者扒点东西，倒满不在乎，因为在黑暗里人家看不见，与面子还是无关，而大少爷的架子却不可不摆。至于做匪做强盗呢，却不会，决不会，杭州人并不是没有这个胆量，但杀头的时候要反绑着手去游街示众，与面子有关；最勇敢的杭州人，亦不过做做小窃而已。

唯其是如此，所以现在的杭州人，就永远是保有着被征服的资格的人；风雅倒很风雅，浅薄的知识也未始没有，小名小利，一着也不肯放松，最厉害的尤其是一张嘴巴。外来的征服者，征服了杭州人后，过不上三代，就也成了杭州人了，于是剃头者人亦剃其头，几十年后，仍复要被新的征服者来征服。照例类推，一年一年的下去。现在残存在杭州的固有杭州老百姓，计算起来，怕已经不上十个指头了。

人家说这是因为杭州的山水太秀丽了的缘故。西湖就像是一位"二八佳人体似酥"的狐狸精，所以杭州决出不出好子弟来。这话哩，当然也含有着几分真理。可是日本的山水，秀丽处远在杭州之上；瑞士我不晓得，意大利的风景画片我们总也时常看见的罢，何以外国人都可以不受着地理的限制，独有杭州人会陷入这一个绝境去的呢？想来想去，我想总还是教育的不好。杭州的家庭教育，社会教育，学校教育，总非要彻底的改革一下不可。

其次是该讲杭州的风俗了。岁时习俗，显露在外表的年中行事，大致是与江南各省相通的；不过在杭州象婚丧喜庆等事，更加要铺张一点而已。关于这一方面，同治年间有一位钱塘的范月桥氏，曾做过一册《杭俗遗风》，写得比较详细，不过现在的杭州风俗，细看起来，还是同南宋吴自牧在《梦梁录》里所说的差仿不多，因为杭州人根本还是由那个时候传下来，在那个时候改组过的人。都会文化的影响，实在真大不过。

一年四季，杭州人所忙的，除了生死两件大事之外，差不多全是为了空的仪式；就是婚丧生死，一大半也重在仪式。丧事人家可以出钱去雇人来哭。喜事人家也有专门说好话的人雇在那里借讨采头。祭天地，祀祖宗，拜鬼神等等，无非是为了一个架子；甚至于四时的游逛，都列在仪式之内，到了时候，若不去一定的地方走一遭，仿佛是犯了什么大罪，生怕被人家看不起似的。所以明朝的高濂，做了一部《四时幽赏录》，把杭州人在四季中所应做的闲事，详细列叙了出来。现在我只教把这四时幽赏的简目，略抄一下，大家就可以晓得吴自牧所说的"临安风俗，四时奢侈，赏观殆无虚日"的话的不错了。

一、春时幽赏：孤山月下看梅花，八卦田看菜花，虎跑泉试新茶，西溪楼啖煨笋，保俶塔看晓山，苏堤看桃花，等等。

二、夏时幽赏：苏堤看新绿，三生石谈月，飞来洞避暑，湖心亭采莼，等等。

三、秋时幽赏：满家巷赏桂花，胜果寺望月，水乐洞雨后听泉，六和塔夜玩风潮，等等。

四、冬时幽赏：三茅山顶望江天雪霁，西溪道中玩雪，雪后镇海楼观晚炊，除夕登吴山看松盆，等等。

将杭州人的坏处，约略在上面说了之后，我却终觉不得

达夫游记

不对杭州的山水，再来一两句简单的批评。西湖的山水，若
当盆景来看，好处也未始没有，就是在它的比盆景稍大一点
的地方。若要在西湖近处看山的话，那你非要上留下向西向
南再走二三十里路不行。从余杭的小和山走到了午潮山顶，
你向四面一看，就有点可以看出浙西山脉的大势来了。天晴
的时候，西北你能够看得见天目，南面脚下的横流一线，东
下海门，就是钱塘江的出口，鼋赭二山，小得来象天文镜里
的游星。若嫌时间太费，脚力不继的话，那至少你也该坐车
下江干，过范村，上五云山头去看看隔岸的越山，与钱塘江
上游的不断的峰峦。况且五云山足，西下是云栖，竹木清幽；
地方实在还可以。从五云山向北若沿郎当岭而下天竺，在岭
脊你就可以看到西岭下梅家坞的别有天地，与东岭下西湖全
面的镜样的湖光。

若要再近一点，来玩西湖，我觉得南山终胜于北山，凤
凰山胜果寺的荒凉远大，比起灵隐、葛岭来，终觉回味要浓
厚一点。

还有北面秦亭山法华山下的西溪一带呢，如花坞秋雪庵，
茭芦庵等处，散疏雅逸之致，原是有的，可是不懂得南画，
不懂得王维、韦应物的诗意的人，即使去看了，也是毫无所
得的。

离西湖十余里，在拱宸桥的东首，地当杭州的东北，也
有一簇山脉汇聚在那里。俗称"半山"的皋亭山，不过因近
城市而最出名，讲到景致，则断不及稍东的黄鹤峰，与偏北
的超山。况且超山下的居民，以植果木为业，旧历二月初，
正月底边的大明堂外（吴昌硕的坟旁）的梅花，真是一个奇

观，俗称"香雪海"的这个名字，觉得一点儿也不错。

此外还有关于杭州的饮食起居的话，我不是做西湖旅行指南的人，在此地只好不说了。

二十三年三月

达夫游记

西溪的晴雨

西北风未起，蟹也不曾肥，我原晓得芦花总还没有白，前两星期，源宁来看了西湖，说他倒觉得有点失望，因为湖光山色，太整齐，太小巧，不够味儿，他开来的一张节目上，原有西溪的一项；恰巧第二天又下了微雨，秋原和我就主张微雨里下西溪，好教源宁去尝一尝这西湖近旁的野趣。

天色是阴阴漠漠的一层，湿风吹来，有点儿冷，也有点儿香，香的是野草花的气息，车过方井旁边，自然又下车来，去看了一下那座天主圣教修士们的古墓。从墓门望进去，只是黑沉沉，冷冰冰的一个大洞，什么也看不见，鼻子里却闻吸到了一种霉灰的阴气。

把鼻子掀了两掀，耸了一耸肩膀，大家都说，可惜忘记带了电筒，但在下意识里，自然也有一种恐怖、不安、和畏缩的心意，在那里作恶，直到了花坞的溪旁，走进窗明几净的静莲庵（？）堂去坐下，喝了两碗清茶，这一些鬼胎，方才洗涤了个空空脱脱。

游西溪，本来是以松木场下船，带了酒盒行厨，慢慢儿地向西摇去为正宗。像我们那么高坐了汽车，飞鸣而过古荡、东岳，一个钟头要走百来里路的旅客，终于是难度的俗物，但是俗物也有俗益，你若坐在汽车座里，引颈而向西向北一望，直到湖州，只见一派空明，遥盖在淡绿成阴的斜平海上；这中间不见水，不见山，当然也不见人，只是渺渺茫茫，青青绿绿，远无岸，近亦无田园村落的一个大斜坡，过秦亭山后，一直到留下为止的那一条沿山大道上的景色，好处就在这里，尤其是当微雨朦胧，江南草长的春或秋的半中间。

　　从留下下船，回环曲折，一路向西向北，只在芦花浅水里打圈圈：圆桥茅舍，桑树蓼花，是本地的风光，还不足道；最古怪的，是剩在背后的一带湖上的青山，不知不觉，忽而又会得移上你的面前来，和你点一点头，又匆匆的别了。

　　摇船的少女，也总好算是西溪的一景；一个站在船尾把摇橹，一个坐在船头上使桨，身体一伸一俯，一往一来，和橹声的咿呀，水波的起落，凑合成一大又圆又曲的进行软调；游人到此，自然会想起瘦西湖边，竹西歌吹的闲情，而源宁昨天在漪园月下老人祠里求得的那枝灵签，仿佛是完全的应了，签诗的语文，是《鄘风桑中》章末后的三句，叫做"期我乎桑中，要我乎上宫，送我乎淇之上矣。"

　　此后便到了交芦庵，上了弹指楼，因为是在雨里，带水拖泥，终于也感不到什么的大趣，但这一天向晚回来，在湖滨酒楼上放谈之下，源宁却一本正经地说："今天的西溪，却比昨日的西湖，要好三倍。"

　　前天星期假日，日暖风和，并且在报上也曾看到了芦花

达夫游记

怒放的消息，午后日斜，老龙夫妇，又来约去西溪，去的时候，太晚了一点，所以只在秋雪庵的弹指楼上，消磨了半日之半。一片斜阳，反照在芦花浅渚的高头，花也并未怒放，树叶也不曾凋落，原不见秋，更不见雪，只是一味的晴明浩荡，飘飘然，浑浑然，洞贯了我们的肠腑，老僧无相，烧了面，泡了茶，更送来了酒，末后还拿出了纸和墨，我们看看日影下的北高峰，看看庵旁边的芦花荡，就问无相，花要几时才能全白？老僧操着缓慢的楚国口音，微笑着说："总要到阴历十月的中间；若有月亮，更为出色。"说后，还提出了一个交换的条件，要我们到那时候，再去一玩，他当预备些精馔相待，聊当作润笔，可是今天的字，却非写不可，老龙写了"一剑横飞破六合，万家憔悴哭三吴"的十四个字，我也附和着抄了一副不知在那里见过的联语："春梦有时来枕畔，夕阳依旧上帘钩。"

喝得酒醉醺醺，走下楼来，小河里起了晚烟，船中间满载了黑暗，龙妇又逸兴遄飞，不知上那里去摸出了一枝洞箫来吹着。"其声呜呜然，如怨如慕，如泣如诉，余音袅袅，不绝如缕"，倒真有点像是七月既望，和东坡在赤壁的夜游。

一九三五年十月二十二日

花坞

　　"花坞"这一个名字，大约是到过杭州，或在杭州住上几年的人，没有一个不晓得的，尤其是游西溪的人，平常总要一到花坞。二三十年前，汽车不通，公路未筑，要去游一次，真不容易；所以明明知道这花坞的幽深清绝，但脚力不健，非好游如好色的诗人，不大会去。现在可不同了，从湖滨向北向西的坐汽车去，不消半个钟头，就能到花坞口外。而花坞的住民，每到了春秋佳日的放假日期，也会成群结队，在花坞口的那座凉亭里鹄候，预备来做一个临时导游的脚色，好轻轻快快地赚取游客的两毛小洋；现在的花坞，可真成了第二云栖，或第三九溪十八涧了。

　　花坞的好处，是在它的三面环山，一谷直下的地理位置，石人坞不及它的深，龙归坞没有它的秀。而竹木萧疏，清溪蜿绕，庵堂错落，尼媪翩翩，更是花坞独有的迷人风韵。将人来比花坞，就像浔阳商妇，老抱琵琶；将花来比花坞，更像碧桃开谢，未死春心；将菜来比花坞，只好说冬菇烧豆腐，

達夫游記

汤清而味隽了。

　　我的第一次去花坞，是在松木场放马山背后养病的时候，记得是一天日和风定的清秋的下午，坐了黄包车，过古荡，过东岳，看了伴凤居，访过风木庵（是钱唐丁氏的别业），感到了口渴，就问车夫，这附近可有清静的乞茶之处？他就把我拉到了花坞的中间。

　　伴凤居虽则结构堂皇，可是里面却也坍败得可以；至于杨家牌楼附近的风木庵哩，丁氏的手迹尚新，茅庵的木架也在，但不晓怎么，一走进去，就感到了一种扑人的霉灰冷气。当时大厅上停在那里的两口丁氏的棺材，想是这一种冷气的发源之处，但泥墙倾圮，蛛网绕梁，与壁上挂在那里的字画屏条一对比，极自然地令人生出了"俯仰之间，已成陈迹"的感想。因为刚刚在看了这两处衰落的别墅之后，所以一到花坞，就觉得清新安逸，像世外桃源的样子了。

　　自北高峰后，向北直下的这一条坞里，没有洋楼，也没有伟大的建筑，而从竹叶杂树中间透露出来的屋檐半角，女墙一围，看将过去却又显得异常的整洁，异常的清丽。英文字典里有 Cottage 的这一个名字；而形容这些茅屋田庄的安闲小洁的字眼，又有着许多像 Tiny，Dainty，Snug 的绝妙佳词，我虽则还没有到过英国的乡间，但到了花坞，看了这些小庵却不能自己地便想起了这种只在小说里读过的英文字母。我手指着那些在林间散点着的小小的茅庵，回头来就问车夫："我们可能进去？"车夫说："自然是可以的。"于是就在一曲溪旁，走上了山路高一段的地方，到了静掩在那里的，双黑板的墙门之外。

车夫使劲敲了几下，庵里的木鱼声停了，接着门里头就有一位女人的声音，问外面谁在敲门。车夫说明了来意，铁门闩一响，半边的门开了，出来迎接我们的，却是一位白发盈头，皱纹很少的老婆婆。

庵里面的洁净，一间一间小房间的布置的清华，以及庭前屋后树木的参差掩映，和厅上佛座下经卷的纵横，你若看了之后，仍不起皈依弃世之心的，我敢断定你就是没有感觉的木石。

那位带发修行的老比丘尼去为我们烧茶煮水的中间，我远远听见了几声从谷底传来的鹊噪的声音；大约天时向暮，乌鹊来归巢了，谷里的静，反因这几声的急噪，而加深了一层。

我们静坐着，喝干了两壶极清极酽的茶后，该回去了，迟疑了一会，我就拿出了一张纸币，当作茶钱，那一位老比丘尼却笑起来了，并且婉慢地说：

"先生！这可以不必；我们是清修的庵，茶水是不用钱买的。"

推让了半天，她不得已就将这一元纸币交给了车夫，说："这给你做个外快吧！"

这老尼的风度，和这一次逛花坞的情趣，我在十余年后的现在，还在津津地感到回味。所以前一礼拜的星期日，和新来杭州住的几位朋友遇见之后，他们问我"上那里去玩？"我就立时提出了花坞，他们是有一乘自备汽车的，经松木场，过古荡东岳而去花坞，只须二十分钟，就可以到。

十余年来的变革，在花坞里也留下了痕迹。竹木的清幽，

达夫游记

山溪的静妙，虽则还同太古时一样，但房屋加多了，地价当然也增高了几百倍；而最令人感到不快的，却是这花坞的住民的变作了狡猾的商人。庵里的尼媪，和退院的老僧，也不象从前的恬淡了，建筑物和器具之类，并且处处还受着了欧洲的下劣趣味的恶化。

同去的几位，因为没有见到十余年前花坞的处女时期，所以仍旧感觉得非常满意，以为九溪十八涧、云栖决没有这样的清幽深邃；但在我的内心，却想起了一位素朴天真，沉静幽娴的少女，忽被有钱有势的人奸了以后又被弃的状态。

一九三五年三月二十四日

皋亭山

皋亭山俗称半山，以"半山娘娘庙"出名。地在杭城东北角，与城市相去大约有十五六里路之遥。上半山进香或试春游的人，可以从万安桥头下船，一直的遵水路向东北摇去。或从湖墅、拱宸桥以及城里其他各埠下船去都行。若从陆路去，最好是坐火车到笕桥下车，向北走去，到半山只有七里；倘由拱宸桥走去，怕要走十多里路了，而路又曲折容易走错。汽车路，不知通到了什么地方，因为航空学校在皋亭山下笕桥之南三五里，大约汽车路总一定是有的。

先说明了这一条路径，其次要说我去游皋亭的经验了，这中间，还可以插叙些历史上的传说进去。

自前年搬到了杭州来住后，去年今年总算已经过了两个春天。我所最爱的季节，在江南是秋是冬，以及春初的一二个月。以后天气一热，从春晚到夏末，我简直是一个病夫；晚上睡不着觉，日里头昏脑胀，不吃酒也象是个醉狂的人。去年春天，为防止这一种痄夏——其实也可以说是痄春——

达夫游记

病的袭来，老早我就在防卫，想把身体炼得好些，可以敌得过浓春的压迫，盛夏的熏蒸。故而到了春初，我就日日的游山玩水，跑路爬高，书也不读，文章也不写。有一天正在打算找出一处不曾去过的地方来，去游它一天，消磨那一日长闲的春昼，恰巧有一位多年不见的诗人何君来了，他是住在临平附近的人，对于那一边的地理，是很熟悉的。我问说："临平山，超山，唐栖镇，都已经去过了，东面还有更可以玩的地方没有？"他垂头想了一想，就说："半山你到过没有？"我说："没有！"于是就决定了一道去游半山。

半山本名皋亭山，在清朝各诗人的集子里，记游皋亭看桃花的诗词杂文很多很多；我们去的那一天，桃花虽还没有开，但那一年春天来得较迟，梅花也许是还有的。皋亭虽不是出梅子的地方，可是野人篱落，一树半枝的古梅，倒也许比梅林更为有趣；何君从故乡来，说迟梅还正在盛开，而这一天的天气，也正适合于探梅野步。

我们去时，本打算上笕桥去下车，以后就走到皋亭山上庙里去吃午餐的；但一到车站，听说四等车已经开了，于是不得已只能坐火车到了拱宸桥。

在拱宸桥下车，遥望着皋亭的山色，向北向东，穿桑林，过小桥，一路的走去，那一种萧疏的野景，实在也满含着牧歌式的情趣。到了离皋亭山不远，入沿堤一处村子里的时候，梅花已经看了不少，说话也说尽了两三个钟头，而肚里也有点象贪狼似的饿了。

我们在堤上的一家茶馆里，烘着太阳，脱下衣服，先喝了两大碗土烧酒，吃了十几个茶叶蛋，和一大包花生米豆腐干。村里的人，看见我们食量的宏大，行动的奇特，在这早春的农闲期里，居然也聚集拢了许多农工织女，来和我们攀谈。中间有一位抱小孩子的二十二三的少妇，衣服穿得异常的整齐，相貌也生得非常之完满，默默微笑着坐在我们一丛人的边上，在听我们谈海天，说笑话，而时时还要加以一句两句的羞缩的问语。何诗人得意之至，酒喝完后，诗兴发了，即席就吟成了一首七言长句，后来就题上了"半山娘娘庙"的墙壁；他要我和，我只做成了一半，后一半却是在回来的路上做的，当然是出韵了，原诗已经记不出来，我现在先把我的和诗抄在下面：

> 春愁如水刀难断，村酿偏醇醉易狂，
> 笑指朱颜称白也，乱抛青眼到红妆，
> 上方钟定夫人庙，东阁诗成水部郎，
> 看遍野梅三百树，皋亭山色暮苍苍。

因为我们在茶馆里所谈的，就是这一首诗里的故实。

他们说："半山娘娘最有灵感，看蚕的人家，每年来这里烧香的，从二月到四月，总有几千几万。"

他们又说："半山娘娘，是小康王封的。金人追小康王到了这山的半腰，小康王无处躲了，幸亏这娘娘一把沙泥，撒瞎了追来的金人的眼睛。"

又有一个老农夫订正这一个传说："小康王逃入了半山的山洞，金人赶到了，幸亏娘娘把一篓细丝倒向了洞口，因而结成了蛛网。金人看见蛛网满洞，晓得小康王决不躲在洞里，

所以又远追了开去。"

凡此种种，以及香灰疗病，娘娘托梦等最近的奇迹，他们都说得活灵活现，我们仿佛是身到了西方的佛国。故而何诗人做了诗，而不是诗人的我也放出了那么的一"臭"，其实呢，半山庙所祀的为倪夫人；据说，金人来侵，村民避难入山；向晚大家回村去宿，独倪夫人怕被奸污，留居山上，夜间为毒蛇咬死。人悯其贞，故立庙祀之。所谓撒沙，所谓倒丝筐，都是由这传说里滋生出来的枝节，而祠为宋敕，神为女神，却是实事。

我们饱吃了一顿，大笑了一场，就由这水边的村店里走出，沿堤又走了二三里路，就走上了皋亭脚下的一个有山门在的村子。这里人家更多，小店里的货色也比较得完备。但村民的新年习惯，到了阴历的二月还未除去，山门前的亭子里，茶店里，有许多人围着在赌牌九。何诗人与我，也挤了进去，押了几次，等四毛小洋输完后，只好转身入山门，上山去瞻仰半山娘娘的像了。

庙的确是在半山，庙里的匾额、签文，以及香烛之类，果然堆叠得很多。但正殿三间，已经倾颓灰黑了，若再不修理，怕将维持不下去。西面的厢房一排数间，是厨房，也是管庙管山的人的宿舍，后面更有一个观音堂，却是新近修理粉刷过的。

因为半山庙的前后左右，也没有什么好看，桃树也并没有看见，梅花更加少了，我们就由倪夫人庙西面的一条山路走上了山顶。登高而望远，风景是总不会坏的，我们在皋亭山顶，自然也看见了杭州城里的烟树人家与钱塘江南岸的青山。

从山顶下来，时间已经不早了，何诗人将诗题上了西厢的粉壁后，两人就跑也似的走到了笕桥。

一年的岁月，过去得很快；今年新春刚过，又是饲蚕的时节了，前几天在万安桥头闲步，并且还看见了桅杆上张着黄旗的万安集、半山、超山进香的香船，因而便想起了去年的游迹，因而又发出了一"臭"：

半堤桃柳半堤烟，急景清明谷雨前，
相约皋亭山下去，沿河好看进香船。

一九三五年三月二十七日

超山的梅花

　　凡到杭州来游的人，因为交通的便利，和时间的经济的关系，总只在西湖一带，登山望水，漫游两三日，便买些土产，如竹篮纸伞之类，匆匆回去；以为雅兴已尽，尘土已经涤去，杭州的山水佳处，都曾享受过了。所以古往今来，一般人只知道三竺六桥，九溪十八涧，或西湖十景，苏小岳王；而离杭城三五十里稍东偏北的一带山水，现在简直是很少有人去玩，并且也不大有人提起的样子。

　　在古代可不同；至少至少，在清朝的乾嘉道光，去今百余年前，杭州人的好游的，总没有一个不留恋西溪，也没有一个不披蓑戴笠去看半山（即皋亭山）的桃花，超山的香雪的。原因是因为那时候杭州的外埠的交通，所取的路径都是水道；从嘉兴上海等处来往杭州，运河是必经之路。舟入塘栖，两岸就看得到山影；到这里，自杭州去他处的人，渐有离乡去国之感，自外埠到杭州来的人，方看得到山明水秀的一个外廓；因而塘栖镇，和超山、独山等处，便成了一般旅游之人对杭州的记忆的中心。

超山是在塘栖镇南，旧日仁和县（现在并入杭县了）东北六十里的永和乡的，据说高有五十余丈，周二十里（咸淳《临安志》作三十七丈），因其山超然出于皋亭、黄鹤之外，故名。

从前去游超山，是要从湖墅或拱宸桥下船，向东向北向西向南，曲折回环，冲破菱荇水藻而去的；现在汽车路已经开通，自清泰门向东直驶，至乔司站落北更向西，抄过临平镇，由临平山西北，再驰十余里，就可以到了；"小红唱曲我吹箫"的船行雅处，现在虽则要被汽车的机器油破坏得丝缕无余，但坐船和坐汽车的时间的比例，却有五与一的大差。

汽车走过的临平镇，是以释道潜的一首"风蒲猎猎弄轻柔，欲立蜻蜓不自由，五月临平山下路，藕花无数满汀洲"的绝句出名；而超山北面的塘栖镇，又以南宋的隐士，明末清初的田园别墅出名；介与塘栖与超山之间的丁山湖，更以水光山色，鱼虾果木出名；也无怪乎从前的文人骚客，都要向杭州的东面跑，而超山皋亭山的名字每散见于诸名士的歌咏里了。

超山脚下，塘栖附近的居民，因为住近水乡，阡陌不广之故，所靠以谋生的完全是果木的栽培。自春历夏，以及秋冬，梅子、樱桃、枇杷、杏子、甘蔗之类的出产，一年总有百万元内外。所以超山一带的梅林，成千成万；由我们过路的外乡人看来，只以为是乡民趣味的高尚，个个都在学林和靖的终身不娶，殊不知实际上他们却是正在靠此而养活妻孥的哩？

超山的梅花，向来是开在立春前后的；梅干极粗极大，枝叉离披四散，五步一丛，十步一坂，每个梅林，总有千株内外，一株的花朵，又有万颗左右；故而开的时候，香气远传十里之外的临平山麓，登高而远望下来，自然自成一个雪海；近年来虽说梅株减少了一点，但我想比到罗浮的仙境，总也只有过之，不会不及。

　　从杭州到超山去的汽车路上，过临平山后，两旁已经有一处一处的梅林在迎送了，而汇聚得最多，游人所必到的看梅胜地，大抵总在汽车站西南，超山东北麓，报慈寺大明堂（亦称大明寺）前头，梅花丛里有一个周梦坡筑的宋梅亭在那里的周围五六里地的一圈地方。

　　报慈寺里的大殿（大约就是大明堂了罢？）前几年被寺的仇人毁坏了，当时还烧死了一位当家和尚在殿东一块石碑之下。但殿后的一块刻有吴道子画的大士像的石碑，还好好地镶在壁里，丝毫也没有动。去年我去的时候，寺僧刚在募化重修大殿；殿外面的东头，并且已经盖好了三间厢房在作客室。后面高一段的三间后殿，火烧时也不曾烧去，和尚手指着立在殿后壁里的那一块石刻大士像碑说："这都是这位大慈大悲救苦救难广大灵感观世音菩萨的福佑！"

　　在何春渚删成的《塘栖志略》里，说大明寺前有一口井，井水甘冽！旁树石碣，刻有"一人堂堂，二曜重光，泉深尺一，点去冰旁；二人相连，不欠一边，三梁四柱烈火然，添却双钩两日全"之碑铭，不识何意等语。但我去大明堂（寺）的时候，却既不见井，也不见碑；而这条碑铭，我从前是曾在一部笔记叫作《桂苑丛谈》的书里看过一次的。这书记载着："令狐相公出镇淮海日，支使班蒙，与从事诸人，俱游大明寺之西廊，忽睹前壁，题有此铭，诸宾皆莫能辨，独班支使曰：'得非大明寺水，天下无比八字乎？'众皆恍然。"从此看来，《塘栖志略》里所说的大明寺井碑，应是抄来的文章，而编者所谓不识何意者，还是他在故弄玄虚。当然，寺在山麓，地又近水，寺前寺后，井是当然有一口的；井里的泉，也当然是清冽的；不过此碑此铭，却总有点儿可疑。

大明寺前的所谓宋梅，是一棵曲屈苍老，根脚边只剩了两条树皮围拱，中间空心，上面枝干四叉的梅树。因为怕有人折，树外面全部是用一铁线网罩住的。树当然是一株老树，起码也要比我的年纪大一两倍，但究竟是不是宋梅，我却不敢断定。去年秋天，曾在天台山国清寺的伽蓝殿前，看见过一株所谓隋梅；前年冬天，也曾在临平山下安隐寺里看见过一枝所谓唐梅。但所谓隋，所谓唐，所谓宋等等，我想也不过"所谓"见而已，究竟如何，还得去问问植物考古的专家才行。

出大明堂，从梅花林里穿过，西面从吴昌硕的坟旁一条石砌路上攀登上去，是上超山顶去的大路了。一路上有许多同梦也似的疏林，一株两株如被遗忘了似的红白梅花，不少的坟园，在招你上山，到了半山的竹林边的真武殿（俗称中圣殿）外，超山之所以为超，就有点感觉得到了；从这里向东西北的三面望去，是汪洋的湖水，曲折的河身，无数的果树，不断的低岗，还有塘的两面的点点的人家；这便算是塘栖一带的水乡全景的鸟瞰。

从中圣殿再沿石级上去，走过黑龙潭，更走二里，就可以到山顶，第一要使你骇一跳的，是没有到上圣殿之先的那一座天然石筑的天门。到了这里，你才晓得超山的奇特，才晓得志上所说的"山有石鱼石笋等，他石多异形，如人兽状。"诸记载的不虚。实实在在，超山的好处，是在山头一堆石，山下万梅花，至若东瞻大海，南眺钱江，田畴如井，河道如肠，桑麻遍地，云树连天等形容词，则凡在杭州东面的高处，如临平山黄鹤峰上都用得着的，并非是超山独一无二的绝景。

你若到了超山之后，则北去超山七里地外的塘栖镇上，不可不去一到。在那些河流里坐坐船，果树下跑跑路，趣味实在是好不过。两岸人家，中夹一水；走过丁山湖时，向西面看看独山，向东首看看马鞍龟背，想象想象南宋垂亡，福王在庄（至今其地还叫作福王庄）上所过的醉生梦死脂香粉腻的生涯，以及明清之际，诸大老的园亭别墅，台榭楼堂，或康熙乾隆等数度的临幸，包管你会起一种像读《芜城赋》似的感慨。

又说到了南宋，关于塘栖，还有好几宗故事，值得一提。第一，卓氏家乘《唐栖考》里说："唐栖者，唐隐士所栖也；隐士名珏，字玉潜，宋末会稽人。少孤，以明经教授乡里子弟而养其母。至元戊寅，浮图总统杨连真伽，利宋攒宫金玉，故为妖言惑主听，发掘之。珏怀愤，乃货家具，召诸恶少，收他骨易遗骸，瘗兰亭山后，而树冬青树识焉。珏后隐居唐栖，人义之，遂名其地为唐栖。"这镇名的来历说，原是人各不同的，但这也岂不是一件极有趣的故实么？还有塘栖西龙河圩，相传有宋宫人墓；昔有士子，秋夜凭栏对月，忽闻有环珮之声，不寐听之，歌一绝云："淡淡春山抹未浓，偶然还记旧行踪，自从一入朱门去，便隔人间几万重。"闻之酸鼻。这当然也是一篇绝哀艳的鬼国文章。

　　塘栖镇跨在一条水的两岸，水南属杭州，水北属德清；商市的繁盛，酒家的众多，虽说只是一个小小的镇集，但比起有些县城来，怕还要闹热几分。所以游过超山，不愿在山上吃冷豆腐黄米饭的人，尽可以上塘栖镇上去痛饮大嚼；从山脚下走回汽车路去坐汽车上塘栖，原也很便，但这一段路，总以走走路坐坐船更为合式。

一九三五年一月九日

临平登山记

　　曾坐沪杭甬的通车去过杭州的人，想来谁也看到过临平山的一道青嶂。车到了硖石，平地里就有起几堆小石山来了，然而近者太近，远者太小，不大会令人想起特异的关于山的概念。一到临平，向北窗看到了这眠牛般的一排山影，才仿佛是叫人预备着到杭州去看山看水似地，心里会突然的起一种变动，觉得杭州是不远了。四周的环境，确与沪宁路的南段，沪杭甬路的东段，一望平原，河流草舍很多的单调的景色不同了。这临平山的顶上，我一直到今年，才去攀涉，回想起来，倒也有一点浅淡的佳趣。

　　临平不过是杭州——大约是往日的仁和县管的吧？——的一个小镇，介在杭州、海宁二县之间，自杭州东去，至多也不到六七十里地的路程。境内河流西绕，可以去湖州，可以去禾郡，也可以去松江、上海，直到天边。因之沿河的两岸（是东西的），交河的官道（是南化的）之旁，就自然而然地成了一个部落。居民总有八九百家，柳叶菱塘，桑田鱼市，麻布袋，豆腐皮，酱鸭肥鸡，茧行藕店，算将起来，一年四季，农产商品，倒也不少。在一条丁字路的转弯角前，并且还有一家青帘摇漾的杏花村——是酒家的雅号，本名仿佛是聚贤楼。——乡民朴素，禁令森严，所以妓馆当然是没有的，旅馆也不曾看到，但暗娼有无，在这一个民不聊生民又不敢死的年头，我可不能够保。

我们去的那天，是从杭州坐了十点左右的一班慢车去的，一则因为左近的三位朋友，那一日正值着假期；二则因为有几位同乡，在那里处理乡村的行政，这几位同乡听说我近来侘傺无聊，篇文不写，所以请那三位住在我左近的朋友约我同去临平玩玩，或者可以散散心，或者也可以壮壮胆，不要以为中国的农村完全是破产了，中国人除儿个活，大家死之外别无出路了。等因奉此地到了临平，更在那家聚贤楼上，背晒着太阳喝了两斤老酒，兴致果然起来了，把袍子一脱，我们就很勇猛地说："去，去爬山去！"

缓步西行（出镇往西），靠左手走过一个桥洞，在一条长蛇似的大道之旁，远远就看得见一座银匠店头的招牌那样的塔，和许多名目也不大晓得的疏疏落落的树。地理大约总可以不再过细地报告了罢，北面就是那支临平山，南面岂不又是一条小河么？我们的所以不从临平山的东首上山，而必定要走出镇市——临平市是在山的东麓的——走到临平山的西麓去者，原因是为了安隐寺里的一棵梅树。

安隐寺，据说，在唐宣宗时，名永兴院，吴越时名安平院。至宋治平二年（1065），始赐今名。因为明末清初的那位"西泠十子"中的临平人沈去矜谦，好闲多事，做了一部《临

平记》，所以后来的临平人，也做出了不少的文章，其中最好的一篇，便是安隐寺里的那棵所谓"唐梅"的梅树。

安隐寺，在临平山的西麓，寺外面有一口四方的小井，井栏上刻着"安平泉"的三个不大不小的字。诸君若要一识这安平泉的伟大过去，和沿临平山一带的许多寺院的兴废，以及鼎湖的何以得名，孙皓的怎么亡国（我所说的是天玺改元的那一回事情）等琐事的，请去翻一翻沈去矜的《临平记》，张大昌的《临平记补遗》，或田汝成的《西湖志余》等就得，我在这里，只能老实地说，那天我们所看到的安隐寺，实在是坍败得可以，寺里面的那一棵出名的"唐梅"，树身原也不少，但我却怎么也不想承认它是一千几百年前头的刁钻古怪鬼灵精。你且想想看，南宋亡国，伯颜丞相，岂不是由临平而入驻皋亭的么？那些羊膻气满身满面的元朝鞑子，那里肯为中国人保留着这一株枯树？此后还有清朝，还有洪杨的打来打去，庙之不存，树将焉附。这唐梅若果是真，那它可真是不怕水火，不怕刀兵的活宝贝了，我们中国还要造什么飞机高射炮呢？同外国人打起仗来，岂不只教擎着这一棵梅树出去就对？

在冷气逼人的安隐寺客厅上吃了一碗茶，向四壁挂在那里的霉烂的字画致了一致敬，付了他们四角小洋的茶钱之后，我们就从不知何时被毁去的西面正殿基的门外，走上了山。沿山脚的一带，太阳光里，有许多工人，只穿了一件小衫，在那里劈柴砍树。我看得有点气起来了，所以就停住了脚，问他们："这些树木，是谁教你们来砍的？""除了这些山的主人之外还有谁呢？"这回话倒也真不错，我呆张着目，看看地上纵横睡着的拳头样粗的松杉树干，想想每年植树节日的各机关和要人等贴出来的红绿的标语传单，喉咙头好像冲起来了一块面包。呆立了一会，看看同来的几位同伴，已经上山去得远了，就只好屁也不放一个，旋转身子，狠狠地踏上了山腰，仿佛是山上的泥沙碎石，得罪了我的样子。

这一口看了工人砍树伐山而得的气闷，直到爬上山顶快的时候，才兹吐出。临平山虽则不高，但走走究竟也有点吃力，喘气喘得多了，肚子里自然会感到一种清空，更何况在山顶上坐下的一瞬间，远远地又看得出钱塘江一线的空明缭绕，越山隔岸的无数青峰，以及脚下头临平一带的烟树人家来了呢！至于在沪杭甬路轨上跑的那几辆同小孩子的玩具似的客车，与火车头上在乱吐的一圈一圈的白烟，那不过是将死风景点一点活的手笔，像麦克白夫妇当行凶的当儿，忽听到了醉汉的叩门声一样，有了原是更好，即使没有，也不会使人感到缺恨的。

从临平山顶上看下来的风景，的确还有点儿可取。从前我曾经到过兰溪，从兰溪市上，隔江西眺横山，每感到这座小小的兰阴山真太平淡，真是造物的浪费，但第二日身入了此山，到山顶去向南向东向西向北的一看，反觉得游兰溪者这横山决不可不到了。临平山的风景，就同这山有点相像。你远看过去，觉得临平山不过是一支光秃的小山而已，另外也没有什么奇特，但到山顶去俯瞰下来，则又觉得杭城的东面，幸亏有了它才可以说是完满。我说这话，并不是因受了临平人的贿赂，也不是想夺风水先生——所谓堪舆家也——他们的生意，实在是杭州的东面太空旷了，有了临平山，有

了皋亭，黄鹤一带的山，才补了一补缺。这是从风景上来说
的话，与什么临平湖塞则天下治，湖开则天下乱等倒果为因
的妄揣臆说，却不一样。

临平山顶，自西徂东，曲折高低的山脊线，若把它拉将
直来，大约总也有里把路长的样子。在这里把路的半腰偏东，
从山下望去，有一围黄色的墙头露出，像煞是巨象身上的一
只木斗似的地方，就是临平人最爱夸说的龙洞的道观了。这
龙洞，临平的乡下人，谁也晓得，说是小康王曾在洞里避难
过。其实呢，这又是以讹传讹的一篇乡下文章而已。你猜怎
么着？这临平山顶，半腰里原是有一个大洞的。洞的石壁上
贴地之处，有"翼拱之凌晨游此，时康定元年四月八日"的
两行字刻在那里，小康王也是一个康，康定元年也是一个康，
两康一混，就混成了小康王的避难。大约因此也就成全了那
个道观，龙洞道观的所以得至今庙貌重新，游人争集者，想
来小康王的功劳，一定要居其大半。可是沈谦的《临平记》
里，所说就不同了，现在我且抄一段在这里，聊以当作这一
篇《临平登山记》的尾巴，因为自龙洞出来，天也差不多快
晚了，我们也就跑下了山，赶上了车站，当日重复坐四等车
回到了杭州的缘故：

　　"仁宗皇帝康定元年夏四月，翼拱之来游临平山细
　砺洞。

　　谦曰：吾乡有细砺洞，在临平山巅，深十余丈，阔
　二十五尺，高一丈五尺，多山砺石，本草所称"砺石出
　临平"者，即其地也；至是者无不一游，自宁波至今，

题名者数人而已，然多漶漫不可读，而攀跻洗剔，得此一人，亦如空谷之足音，跫然而喜矣。

又曰：谦闻洞中题名旧矣，向未见。甲申四月八日，里人例有祈年之举，谦同友人往探，因得见其真迹。字在洞中东北壁，惟翼字最大，下两行分书之，微有丹漆，乃里人郭伯邑所润色，今则剥落殆尽，其笔势，遒劲如颜真卿格，真奇迹也。洞西南，又凿有"窦缄"二字，无年月可考，亦不解其义，意者，游人有窦姓者邪？至于满洞镂刻佛像，或是杨髡灵鹫之余波也。"
(《临平记》卷一，十九页）

一九三四年三月

达夫游记

龙门山路

杭州近处一二十里路内外的风景，从前在路未筑好，交通不便的时候，跑跑原也很费力，很可以满足满足一般生长在城市中的骚人雅士的好奇冒险之心；但现在可不同了，汽车一坐，一个钟头至少至少可以跑上六七十里（三十余至四十公里）的路；像云栖，像花坞，像九溪十八涧，像超山等处，从前非得前一日预备糇粮，诘朝而往，信宿始返的地方，现在只消有三个钟头，就可以去逛得，往游的人一多，游者当然也不甚珍视了；所以最近，住在杭州的人，只想发现些一天可以来回，一半开化，一半还保存着原始面目，山水清幽，游人较少，去去不甚容易，但也不十分艰难的地点，来满足他们的好奇好胜的野心。故而富阳，桐庐，隔江的萧山，绍兴等处，在近两年来，就成了杭州人上流阶级的暇日游赏之地。可是这只以有自备汽车，或在放假日中，可以每人花五十块钱的最上阶级为限，一般中下或中上级的游人，能力还有点不及；因而小和山，龙门山，白龙潭，午朝山的一带，就成了今年游春期里最时髦的一个目标。

小和山在留下镇西南十余里地的地方，山上有一座庙叫金莲寺。这一带，直至余杭的闲林埠为止，本是属于西溪区域以内的。但因稍南有千丈岩，再西再南，又有一座临江的定山，以及许多高低连迭的午潮山，白龙山之类，所以钱塘张道所编的一部《定乡小识》（是《武林掌故丛编》里的一种，共十六卷）里，把这些山水都划归入了定乡的范围。所谓定乡者，当然是以定山而命名，有定南，定北，安吉，长寿的四乡，又因它们据于县治的上游，所以又名上四乡，以示与县下的孝女，南北钦贤，调露的四乡境界的不同。大抵古时定乡的界线，东自江边六和塔算起，西至富阳为止，南望萧山，北接余杭，区域是很模糊辽阔的。现在我们要记小和山，龙门山，午潮山的一带，也只能马马虎虎，遵从古意，暂且以它们为定乡以内的水水山山；而《定乡小识》的第四卷内之所记，就是这一路的山容水貌，古迹诗词，我在下面，也有不少词句是抄这一卷的记述的。

先说小和山罢；小和山脚，就是杭徽支路达小和山的汽车路的终点。自杭州坐汽车去，不消一个钟头，就可以到了。从山脚走上山去，曲折盘旋，大约要走三十分钟的石级，才可以到得顶上的金莲寺里。这一段上山路的风景，可以借《定乡小识》的记载来描写，虽然是古人的文言文，但也没有"白

达夫游记

发三千丈"那么的夸过其实，是可以信用的："小和山在龙门山东，多竹树；游人登山，行翠雾中，山径盘曲，十步一折，南出龙门坑，抵转塘，以达于江；北下西溪。"

我们去的那天，同去者是一群中外杂凑的难民似的旅行团，时候又当春意阑珊香火最旺的清明谷雨之前，满途的翠雾，当然是可以不必说，而把这翠雾衬托得更加可爱更加生色的，却是万紫千红的映山红与紫藤花。你即使还不曾到过这一处地方，你且先闭上眼睛，想一想这一个混合的色彩！上面当然是青天，游人的衣服是白的，太阳光有时也红，有时也黑（在树荫下），有时也七色调和，而你的眼睛，却在这杂色丛中做乱舞乱跳的飞花蝴蝶，这大约也可以说是够风流了罢！但是更风流的事情，还在后面。

金莲寺里奉祀的菩萨，是玄天上帝的圣帝菩萨，据说，极有灵验。自二月至四月，香火之盛，可以抵得过老东岳的一半，而尤以"饭回（还）勿盛（曾）且（吃）哩！"的松江乡民为最多。因而在寺的门前，当这一个春香期里，有茶棚，有菜馆，还有专卖竹器的手工人。油条，烧酒，毛笋，油豆腐，却是这山上的异味。

关于圣帝菩萨，我早想做一点考证，但遍阅道书，却仍是茫无头绪。只从一部不能当作正传看的草本书里，知道他是一位太子，在武当出家修行；手执宝剑，头带金圈，是一位伏魔大帝。所谓魔者，就是他蜕化时嫌有烟火气味，从自己肚里挖出的一个胃和一盘肠。这圣帝的肠和胃，也受了圣化，被挖出之后，就变了一个龟与一条蛇，在世上作恶害人。经圣帝菩萨收服之后，便变了他的龟蛇二将。还有一个经他收服的王灵官，是他最信任最得意的侍从武都头；一手捏钢鞭，一手作灵结，红脸赤发，正直聪明，是这一位圣帝手下最有灵感，最不顾私情的周仓，李逵，牛皋一类的人物。而圣帝的名姓，和在世时的籍贯时代，却言人人殊，终于没有一个定论。

以我的私意推测起来，大约这一位圣帝菩萨，受的一定是佛家的影响，系产生于唐以后的无疑。因为释迦是太子，是入山修道者，历尽了种种苦难磨折，才成正果，而他的经历出身，简直和圣帝菩萨是一样。大约道家见到了佛法的流行，这我们中国固有的正教行见得要被外来的宗教征服了，所以才倡始了这一种传说。延至宋代，道教大盛，赵氏南迁，余杭大涤山下的洞霄宫，天台桐柏山上的桐柏宫，威势赫弈，压倒了禅宗。因而西溪一带，直至余杭，有的是灵官殿，圣武庙，而释家的寺院，都是清代重修的殿宇。明朝永乐，因燕贼篡位，难得民心，故而托言圣帝转世，大修武当的道院；而他的末子崇祯，也做了朱天大帝，在杭州附近，出尽了威风。由此类推起来，从可知道这一带的高山道观，在明朝也是香火很盛的，一路上去，可以直溯到安徽的白岳齐云。

野马一放，放得太远了，我们只好再回到一九三五年春季的小和山来。就再说金莲寺吧！金莲寺是有田产的寺观，每年收入的租谷，尽可以养得活十二三位寺内的僧侣，寺的组织继承，是和浙东的寺院一样，大有俗家的气味；他们奉祀的虽是圣帝菩萨，而穿的却是和尚的衣服；因为富有寺产，所以打官司，夺产业这类的事情，也是免不了的。我们当天在金莲寺外吃了一阵油条烧酒之后，因为去的目的地是白龙

达夫游记

潭，所以只在寺外门前闹了一阵，便向南面的一条石级路走下，上龙门坑去了。这龙门坑的一个村子，真是外人不识，村人不知，武陵渔父，也不曾到过的一座世外的桃源，它的形势，和在郎当岭上，看下去的山村梅家坞，有点相仿佛。

龙门坑居民二百余家，十分之六是葛姓，村中一溪，断桥错落，居民小舍，就在溪水桥头，山坡岩下，排列分配得极匀极美。村的三面，尽是高山，山的四面就是万紫千红的映山红与紫藤花。自白龙潭下流出来的溪水，可以灌田，可以助势，所以水碓磨坊，随处都是。居民于种茶种稻之外，并且也利用水势，兼营纸业。这一种和平的景象，这一种村民乐业的神情，你若见了，必定想辞去你所有的委员教员×员的职务，来此地闲居课子，或卖剑买牛，不问世事。而这村中的蛟龙庙（或作娇龙庙）里的一区小学儿童的歌声，更加要使你想到没有外国势力侵入，生活竞争不像现在那么激烈的羲皇以上的时代去。我忍不住了，就乘大家不注意的中间，偷偷在笔记簿上写下了这么的二十八字：

　　小和山下蛟龙庙，聚族安居二百家，
　　好是阳春三月暮，沿途开遍紫藤花。

从龙门坑西去的五六里路中间，两边尽是午潮山，龙门山，千丈岩，牛滑岭，倒吊岭，九曲岭，狮子岩等崇山峻岭拖下来的高峰；中有一溪，因成一谷。山上的花和石，溪里的水和天，三步一转，五步一折，到了谷底的时候，要上山了，这时候你就感得到一年不断的天风，和名叫龙门，从两峰夹峙的石壁之间流下来的瀑布声音的淙淙霍霍。

你要脱去了文明人的鞋袜，光赤着从母胎里带来的双足，有时候水大，也须还要撩上你本来不长的短裤，露着白腿，不惜臀部（因为要滑跌而坐在水中），才能到得那所谓的龙门山夹，从这山夹里流下来的白龙潭瀑布的身边。

上面说过的所谓更风流的事情，就在这一段了。小姐们太太们，到了此地，总算是已经历尽了千辛和万苦；从此回去么？瀑布声音，是听得见了；爱惜丝袜与高跟皮鞋么？那你就一步也移动不得。坐轿子么？你一个人走，尚且危险，那里有一乘轿子与两个轿夫的容身之地？所以你不来则已，你若一来，就得大家平等，一律的赤着足，撩着衣，坐臀桩，爬石隙，大家只好做一个原始时代的赤裸裸的亚当与夏娃；不必客气，毫无折扣，要爬过山的半腰，再顺溪流而上，直到两山壁峙的幽黯的山隩，才看得见那一条白龙飞舞似的珠帘的彩瀑。瀑身并不宽，瀑流也并不高（大约总只有五丈余高），可是在杭州附近，在这一个千岩万壑不知去路的山间，偶尔路一转折，就见到了这一条只在书的插画里见过似的飞瀑，岂不是已经可以算一件奇迹了么？风流不风流，且不必去管它，总之你费半日的心思和劳力，最后就可以得到这一点怡悦心身，满足好奇的酬报，岂不是比盼望了两三个月之久，而终于也许还不能得到一个末尾的航空奖券稳健有趣得多？

白龙潭的出名，及它的所以成为今年游春的时髦地点的原因，大约从上面的一段记述里，大家可以明白了；现在我还想参考《定乡小识》，以及这次去游的经验，再补叙几句进去。

达夫游记

原来这一带的地域，古时候似乎都叫作龙门山路的；而所谓龙门山者，究竟是那一支山，却很不容易辨清。白龙潭瀑布所在的地方，两峰夹峙，绝似龙门，按理当以此处为龙门山的中心，但厉鹗的《宿龙门山巢云上人房》的那一首五言律诗的小注里，又说山在钱塘之西，俗名小和山。厉鹗当然是不对，可是现在的村人，也只把白龙潭所在的一带，叫作白龙山而已，并无龙门山的这一个名称。在上白龙潭去的路旁，就在龙门坑村里一支山上，有一条新辟的山路，是上白龙庵去的。这白龙庵系在山的东南面，地势极高，下面可以俯瞰定乡北谷以及钱塘江的之字形的江流，游人大抵不到，可是地方却是最妙也没有的一处高地；而自白龙庵西下白龙潭，也须走两三里路，才可以看得到白龙潭瀑布的来源；若以这山为龙门山，那山的一面，龙门的西面半扇，又没有了名字了，所以也不大妥当。我想非地理学家的我们这些游人，最好是只能将错就错，以这一带的地域，为龙门山的辖地；将白龙潭与白龙山，统视作了龙门山的支脉，那才可以与古书不背了。在这里，我只希望去看白龙潭瀑布的人多一些，可以将那条山路踏平；更希望去游的人，能从龙门坑转向南去，出转塘去坐汽车，可以免去回来时小和山岭的一条山路的跋涉；最后还希望将回到龙门坑村里，再去午潮山的那一点气力省下，转向南面的山上叫作白龙庵的地方去看一看白龙潭瀑布的来源，与钱塘江江上的风帆，因为上午潮山去的一路景色，以及山上的眺望，是远不及现在有一所农场在那里的白龙庵上面的宽敞伟大的。

一九三五年四月五日

半日的游程

　　去年有一天秋晴的午后，我因为天气实在好不过，所以就搁下了当时正在赶着写的一篇短篇的笔，从湖上坐汽车驰上了江干。在儿时习熟的海月桥、花牌楼等处闲走了一阵，看看青天，看看江岸，觉得一个人有点寂寞起来了，索性就朝西的直上，一口气便走到了二十几年前曾在那里度过半年学生生活的之江大学的山中。二十年的时间的印迹，居然处处都显示了面形：从前的一片荒山，几条泥路，与夫乱石幽溪，草房藩溷，现在都看不见了。尤其要使人感觉到我老何堪的，是在山道两旁的那一排青青的不凋冬树；当时只同豆苗似的几根小小的树秧，现在竟长成了可以遮蔽风雨，可以掩障烈日的长林。不消说，山腰的平处，这里那里，一所所的轻巧而经济的住宅，也添造了许多；像在画里似的附近山川的大致，虽仍依旧，但校址的周围，变化却竟簇生了不少。第一，从前在大礼堂前的那一丝空地，本来是下临绝谷的半边山道，现在却已将面前的深谷填平，变成了一大球场。大

达夫游记

礼堂西北的略高之处，本来是有几枝被朔风摧折得弯腰屈背的老树孤立在那里的，现在却建筑起了三层的图书文库了。二十年的岁月！三千六百日的两倍的七千二百的日子！以这一短短的时节，来比起天地的悠长来，原不过是象白驹的过隙，但是时间的威力，究竟是绝对的暴君，曾日月之几何，我这一个本在这些荒山野径里驰骋过的毛头小子，现在也竟垂垂老了。

一路上走着看着，又微微地叹着，自山的脚下，走上中腰，我竟费去了三十来分钟的时刻。半山里是一排教员的住宅，我的此来，原因为在湖上在江干孤独得怕了，想来找一位既是同乡，又是同学，而自美国回来之后就在这母校里服务的胡君，和他来谈谈过去，赏赏清秋，并且也可以由他这里来探到一点故乡的消息的。

两个人本来是上下年纪的小学校的同学，虽然在这二十几年中见面的机会不多，但或当暑假，或在异乡，偶尔遇着的时候，却也有一段不能自已的柔情，油然会生起在各个的胸中。我的这一回的突然的袭击，原也不过是想使他惊骇一下，用以加增加增亲热的效力的企图；升堂一见，他果然是被我骇倒了。

"哦！真难得！你是几时上杭州来的？"他惊笑着问我。

"来了已经多日了，我因为想静静儿的写一点东西，所以朋友们都还没有去看过。今天实在天气太好了，在家里坐不住，因而一口气就跑到了这里。"

"好极！好极！我也正在打算出去走走，就同你一道上溪口去吃茶去罢，沿钱塘江到溪口去的一路的风景，实在是不错！"

沿溪入谷，在风和日暖，山近天高的田塍道上，二人慢慢地走着，谈着，走到九溪十八涧的口上的时候，太阳已经斜到了去山不过丈来高的地位了。在溪房的石条上坐落，等茶庄里的老翁去起茶煮水的中间，向青翠还像初春似的四山一看，我的心坎里不知怎么，竟充满了一股说不出的飒爽的清气。两人在路上，说话原已经说得很多了，所以一到茶庄，都不想再说下去，只瞪目坐着，在看四周的山和脚下的水，忽而嘘朔朔朔的一声，在半天里，晴空中一只飞鹰，像霹雳似的叫过了，两山的回音，更缭绕地震动了许多时。我们两人头也不仰起来，只竖起耳朵，在静听着这鹰声的响过。回响过后，两人不期而遇的将视线凑集了拢来，更同时破颜发了一脸微笑，也同时不谋而合的叫了出来说：

"真静啊！"

"真静啊！"

等老翁将一壶茶搬来，也在我们边上的石条上坐下，和我们攀谈了几句之后，我才开始问他说：

"久住在这样寂静的山中，山前山后，一个人也没有得看见，你们倒也不觉得怕的么？"

"怕啥东西？我们又没有龙连（钱），强盗绑匪，难道肯到孤老院里来讨饭吃的么？并且春三二月，外国清明，这里的游客，一天也有好几千。冷清的，就只不过这几个月。"

我们一面喝着清茶，一面只在贪味着这阴森得同太古似的山中的寂静，不知不觉，竟把摆在桌上的四碟糕点都吃完了，老翁看了我们的食欲的旺盛，就又推荐着他们自造的西

· 91 ·

湖藕粉和桂花糖说：

"我们的出品，非但在本省口碑载道，就是外省，也常有信来邮购的，两位先生冲一碗尝尝看如何？"

大约是山中的清气，和十几里路的步行的结果罢，那一碗看起来似鼻涕，吃起来似泥沙的藕粉，竟使我们嚼出了一种意外的鲜味。等那壶龙井芽茶，冲得已无茶味，而我身边带着的一封绞盘牌也只剩了两枝的时节，觉得今天是行得特别快的那轮秋日，早就在西面的峰旁躲去了。谷里虽掩下了一天阴影，而对面东首的山头，还映得金黄浅碧，似乎是山灵在预备去赴夜宴而铺陈着浓装的样子。我昂起了头，正在赏玩着这一幅以青天为背景的夕照的秋山，忽听见耳旁的老翁以富有抑扬的杭州土音计算着账说："一茶，四碟，二粉，五千文！"

我真觉得这一串话是有诗意极了，就回头来叫了一声说：

"老先生！你是在对课呢？还是在做诗？"

他倒惊了起来，张圆了两眼呆视着问我：

"先生你说啥话语？"

"我说，你不是在对课么？三竺六桥，九溪十八涧，你不是对上了'一茶四碟，二粉五千文'了么？"

说到了这里，他才摇动着胡子，哈哈的大笑了起来，我们也一道笑了。付账起身，向右走上了去理安寺的那条石砌小路，我们俩在山嘴将转弯的时候，三人的呵呵呵呵的大笑的余音，似乎还在那寂静的山腰，寂静的溪口，作不绝如缕的回响。

一九三三年五月二十一日

感伤的行旅

一

　　犹太人的漂泊，听说是上帝制定的惩罚。中欧一带的"寄泊栖"的游行，仿佛是这一种印度支族浪漫尼的天性。大约是这两种意味都完备在我身上的缘故罢，在一处沉滞得久了，只想把包裹雨伞背起，到绝无人迹的地方去吐一口郁气。更况且节季又是霜叶红时的秋晚，天色又是同碧海似的天天晴朗的青天，我为什么不走？我为什么不走呢？

　　可是说话容易，实践艰难，入秋以后，想走想走的心愿，却起了好久了，而天时人事，到了临行的时节，总有许多阻障出来。八个瓶儿七个盖，凑来凑去凑不周全的，尤其是几个买舟借宿的金钱。我不会吹箫，我当然不能乞食，况且此去，也许在吴头，也许向楚尾，也许在中途被捉，被投交有砂米饭吃有红衣服着的笼中，所以踏上火车之先，我总想多带一点财物在身边，免得为人家看出，看出我是一个无产无职的游民。

达
夫
游
记

旅行之始，还是先到上海，向各处去交涉了半天。等到几个版税拿到在手里，向大街上买就了些旅行杂品的时候，我的灵魂已经飞到了空中：

"Over the hills and far away."

坐在黄包车上的身体，好象在腾云驾雾，扶摇上九万里外去了。头一晚，就在上海的大旅馆里借了一宵宿。

是月暗星繁的秋夜，高楼上看出去，能够看见的，只是些黄苍颓荡的电灯光。当然空中还有许多同蜂衙里出了火似的同胞的杂噪声，和许多有钱的人在大街上驶过的汽车声溶合在一处，在合奏着大都会之夜的"新魔丰腻"，但最触动我这感伤的行旅者的哀思的，却是在同一家旅舍之内，从前后左右的宏壮的房间里发出来的娇艳的肉声，及伴奏着的悲凉的弦索之音。屋顶上飞下来的一阵两阵的比西班牙舞乐里的皮鼓铜琶更野噪的锣鼓响乐，也未始不足以打断我这愁人秋夜的客中孤独，可是同败落头人家的喜事一样，这一种绝望的喧阗，这一种勉强的干兴，终觉得是肺病患者的脸上的红潮，静听起来，仿佛是有四万万的受难的人民，在这野声里啜泣似的，"如此烽烟如此（乐），老夫怀抱若为开"呢？

不得已就只好在灯下拿出一本德国人的游记来躺在床沿上胡乱地翻读……

一七七六，九月四日，来干思堡，侵晨。

早晨三点，我轻轻地偷逃出了卡儿斯罢特，因为否则他们怕将不让我走。那一群将很亲热地为我做八月廿八的生日的朋友们，原也有扣留住我的权利；可是此地却不可再事淹留下去了。……

这样地跟这一位美貌多才的主人公看山看水，一直的到了月下行车，将从勃伦纳到物络那（Vom Brenner bis Verona）的时候，我也就在悲凉的弦索声，杂噪的锣鼓声，和怕人的汽车声中昏沉睡着了。

不知是在什么地方，我自身却立在黑沉沉的天盖下俯看海水，立脚处仿佛是危岩巉屼的一座石山。我的左壁，就是一块身比人高的直立在那里的大石。忽而海潮一涨，只见黑黝黝的涡旋，在灰黄的海水里鼓荡，潮头渐长渐高，逼到脚下来了，我苦闷了一阵，却也终于无路可逃，带粘性的潮水，就毫无踌躇地浸上了我的两脚，浸上了我的腿部，腰部，终至于将及胸部而停止了。一霎时水又下退，我的左右又变了石山的陆地，而我身上的一件青袍，却为水浸湿了。在惊怖和懊恼的中间，梦神离去了我，手支着枕头，举起上半身来看看外边的样子，似乎那些毫无目的，毫无意识，只在大街上闲逛，瞎挤，乱骂，高叫的同胞们都已归笼去了，马路上只剩了几声清淡的汽车警笛之声，前后左右的娇艳的肉声和弦索声也减少了，幽幽寂寂，仿佛从极远处传来似的，只有间隔得很远的竹背牙牌互击的操搭的声音，大约夜也阑了，大家的游兴也倦了罢，这时候我的肚里却也咕噜噜感到了一点饥饿。

披上棉袍，向里间浴室的磁盆里放了一盆热水，漱了一漱口，擦了一把脸，再回到床前安乐椅上坐下，呆看住电灯擦起火柴来吸烟的时候，我不知怎么的陡然间却感到了一种

达夫游记

异样的孤独。这也许是大都会中的深夜的悲哀，这也许是中年易动的人生的感觉，但无论如何，我觉得这样的再在旅舍里枯坐是耐不住的了，所以就立起身来，开门出去，想去找一家长夜开炉的菜馆，去试一回小吃。

开门出去，在静寂粉白和病院里的廊子一样的长巷中走了一段，将要从右角转入另一条长廊去的时候，在角上的那间房里，忽而走出了一位二十左右，面色洁白妖艳，一头黑发松长披在肩上，全身像裸着似的只罩着一件金黄长毛丝绒的 Negligee 的妇人来。这一回的出其不意地在这一个深夜的时间里忽儿和我这样的一个潦倒的中年男子的相遇，大约也使她感到了一种惊异，她起始只张大了两只黑晶晶的大眼，怀疑惊问似的对我看了一眼，继而脸上涨起了红霞。似羞缩地将头俯伏了下去，终于大着胆子向我的身边走过，走到另一间房间里去了。我一个人发了一脸微笑，走转了弯，轻轻地在走向升降机去的中间，耳朵里还听见了一声她关闭房门的声音，眼睛里还保留着她那丰白的圆肩的曲线，和从宽散的她的寝衣中透露出来的胸前的那块倒三角形的雪嫩的白肌肤。

司升降机的工人和在廊子的一角呆坐着的几位茶役，都也睡态朦胧了，但我从高处的六层楼下来，一到了底下出大门去的那条路上；却不料竟会遇见这许多暗夜之子在谈笑取乐的。他们的中间，有的是跟妓女来的龟头鸨母，有的是司汽车的机器工人，有的是身上还披着绒毯的住宅包车夫，有的大约是专等到了这一个时候，夹入到这些人的中间来骗取一枝两枝香烟，谈谈笑笑藉此过夜的闲人罢，这一个大门道上的小社会里，这时候似乎还正在热闹的黄昏时候一样，而等我走出大门，向东边角上的一家茶馆里坐定，朝壁上的挂钟细细看了一眼时，却已经是午夜的三点钟前了。

吃取了一点酒菜回来，在路上向天空注看了许多回。西边天上，正挂着一钩同镰刀似的下弦残月，东北南三面，从高屋顶的电火中间窥探出去，也还见得到一颗两颗的黯淡的秋星，大约明朝不会下雨这一件事情总可以决定的了。我长啸了一声，心里却感到了一点满足，想这一次的出发也还算不坏，就再从升降机上来，回房脱去了袍袄，沉酣地睡着了四五个钟头。

<h2 style="text-align:center">二</h2>

几个钟头的酣睡，已把我长年不离身心的疲倦医好了一半了，况且赶到车站的时候，正还是上行特别快车将发未动的九点之前，买了车票，挤入了车座，浩浩荡荡，火车头在晨风朝日之中，将我的身体搬向北去的中间，老是自伤命薄，对人对世总觉得不满的我这时代落伍者，倒也感到了一心的快乐。"旅行果然是好的"，我斜倚着车窗，目视着两旁的躺息在太阳和风里的大地，心里却在这样的想："旅行果然是不错，以后就决定在船窗马背里过它半生生活罢！"

江南的风景，处处可爱，江南的人事，事事堪哀，你看，在这一个秋尽冬来的寒月里，四边的草木，岂不还是青葱红润的么？运河小港里，岂不依旧是白帆如织满在行驶的么？还有小小的水车亭子，疏疏的槐柳树林。平桥瓦屋，只在大

达夫游记

空里吐和平之气，一堆一堆的干草堆儿，是老百姓在这过去的几个月中间力耕苦作之后的黄金成绩，而车辚辚，马萧萧，这十余年中间，军阀对他们的征收剥夺，掳掠奸淫，从头细算起来，那里还算得明白？江南原说是鱼米之乡，但可怜的老百姓们，也一并的作了那些武装同志们的鱼米了。逝者如斯，将来者且更不堪设想，你们且看看政府中什么局长什么局长的任命，一般物价的同潮也似的怒升，和印花税地税杂税等名目的增设等，就也可以知其大概了。啊啊，圣明天子的朝廷大事，你这贱民哪有左右容喙的权利，你这无智的牛马，你还是守着古圣昔贤的大训，明哲以保其身，且细赏赏这车窗外面的迷人秋景罢！人家瓦上的浓霜去管它作甚？

车窗外的秋色，已经到了烂熟将残的时候了。而将这秋色秋风的颓废末级，最明显地表现出来的，要算浅水滩头的芦花丛数，和沿流在摇映着的柳色的鹅黄。当然杞树，枫树，柏树的红叶，也一律的在透露残秋的消息，可是绿叶层中的红霞一抹，即在春天的二月，只教你向树林里去栽几株一丈红花，也就可以酿成此景的。至于西方莲的殷红，则不问是寒冬或是炎夏，只教你培养得宜，那就随时随地都可以将其他树叶的碧色去衬它的朱红，所以我说，表现这大江南岸的残秋的颜色，不是枫林的红艳和残叶的青葱，却是芦花的丰白与岸柳的髟黄。

秋的颜色，也管不得许多，我也不想来品评红白，裁答一重公案，总之对这些大自然的四时烟景，毫末也不曾留意的我们那火车机头，现在却早已冲过了长桥几架，钞过了洋澄湖岸的一角，一程一程的在逼近姑苏台下去了。

苏州本来是我侬旧游之地，"一帆冷雨过娄门"的情趣，闲雅的古人，似乎都在称道。不过细雨骑驴，延着了七里山塘，缓缓的去奠拜真娘之墓的那种逸致，实在也尽值得我们的怀忆的。还有日斜的午后，或者上小吴轩去泡一碗清茶，凭栏细数数城里人家的烟灶，或者在冷红阁上，开开它朝西一带的明窗，静静儿的守着夕阳的晚晚西沉，也是尘俗都消的一种游法。我的此来，本来是无遮无碍的放浪的闲行，依理是应该在吴门下榻，离沪的第一晚是应该去听听寒山寺里的夜半清钟的，可是重阳过后，这近边又有了几次农工暴动的风声，军警们提心吊胆，日日在搜查旅客，骚扰居民，像这样的暴风雨将到未来的恐怖期间，我也不想再去多劳一次军警先生的驾了，所以车停的片刻时候，我只在车里跑上先跑落后的看了一回虎丘的山色，想看看这本来是不高不厚的地皮，究竟有没有被那些要人们刮尽。但是还好，那一堆小小的土山，依旧还在那里点缀苏州的景致。不过塔影萧条，似乎新来瘦了，它不会病酒，它不会悲秋，这影瘦的原因，大约总是因为日脚行到了天中的缘故罢。拿出表来一看，果然已经是十一点多钟，将近中午的时刻了。

　　火车离去苏州之后，路线的两边，耸出了几条绀碧的山峰来。在平淡的上海住惯的人，或者本来是从山水中间出来，但为生活所迫，就不得不在看不见山看不见水的上海久住的人们，大约到此总不免要生出异样的感觉来的罢，同车的有几位从上海来的旅客，一样的因看见了那西南一带的连山而在作点头的微笑。啊啊，人类本来就是大自然的一部分细胞，只教天性不灭，决没有一个会对了这自然的和平清景而不想

达夫游记

赞美的，所以那些卑污贪暴的军阀委员要人们，大约总已经把人性灭尽了的缘故罢，他们只知道要打仗，他们只知道要杀人，他们只知道如何的去敛钱争势夺权利用，他们只知道如何的来破坏农工大众的这一个自然给与我们的伊甸园。啊吓，不对，本来是在说看山的，多嘴的小子，却又破口牵涉起大人先生们的狼心狗计来了，不说罢，还是不说罢，将近十二点了，我还是去炒盘芥莉鸡丁弄瓶"苦配"啤酒来浇浇魄磊的好。

三

正吞完最后的一杯苦酒的时候，火车过了一个小站，听说是无锡就在眼前了。

天下第二泉水的甘味，倒也没有什么可以使人留恋的地方。但震泽湖边的芦花秋草，当这一个肃杀的年时，在理想上当然是可以引人入胜的，因为七十二山峰的峰下，处处应该有低浅的水滩，三万六千顷的周匝，少算算也应该有千余顷的浅渚，以这一个统计来计算太湖湖上的芦花，那起码要比扬子江河身的沙渚上的芦田多些。我是曾在太平府以上九江以下的扬子江头看过伟大的芦花秋景的，所以这一回很想上太湖去试试运气看，看我这一次的臆测究竟有没有和事实相合的地方。这样的决定在无锡下车之后，倒觉得前面相去只几里地的路程特别的长了起来，特别快车的速力也似乎特别慢起来了。

无锡究竟是出大政客的实业中心地，火车一停，下来的人竟占了全车的十分之三四。我因为行李无多，所以一时对那些争夺人体的黄包车夫们都失了敬，一个人踏出站来，在荒地上立了一会，看了一出猴子戴面具的把戏，想等大伙的行客散了，再去叫黄包车直上太湖边去。这一个战略，本是我在旅行的时候常用常效的方法，因为车刚到站，黄包车价总要比平时贵涨几倍，等大家散尽，车夫看看不得不等第二班车了，那他的价钱就会低让一点，可以让到比平时只贵两成三成的地步。况且从车站到湖滨，随便走那一条路，总要走半个钟头才能走到，你若急切的去叫车，那客气一点的车夫，会索价一块大洋，不客气的或者竟会说两块三块都不定的。所以夹在无锡的市民中间，上车站前头的那块荒地上去看一出猴犬两明星合演的拿手好戏，也是一件有意义的事情，因为我在看把戏的中间就在摆布对车夫的战略了。殊不知这一次的作战，我却大大的失败了。

原来上行特别快车到站是正午十二点的光景，这一班车过后，则下行特快的到来要在下午的一点半过，车夫若送我到湖边去呢，那下半日的他的买卖就没有了，要不是有特别的好处，大家是不愿意去的。况且时刻又来得不好，正是大家要去吃饭缴车的时候，所以等我从人丛中挤攒出来，想再回到车站前头去叫车的当儿，空洞的卵石马路上，只剩了些太阳的影子，黄包车夫却一个也看不见了。

没有办法，只好唱着"背转身，只埋怨，自己做差"而慢慢的踱过桥去，在无锡饭店的门口，反出了一个更贵的价目，才叫着了一乘黄包车拖我到了迎龙桥下。从迎龙桥起，前面是宽广的汽车道了，两公司的驶往梅园的公共汽车，隔

达夫游记

十分就有一乘开行，并且就是不坐汽车，从迎龙桥起再坐小照会的黄包车去，也是十分舒适的。到了此地，又是我的世界了，而实际上从此地起，不但有各种便利的车子可乘，就是叫一只湖船，叫它直摇出去，到太湖边上去摇它一晚，也是极容易办到的事情，所以在一家新的公共汽车行的候车的长凳上坐下的时候，我心里觉得是已经到了太湖边上的样子。

开原乡一带，实在是住家避世的最好的地方。九龙山脉，横亘在北边，锡山一塔，障得往东来的烟灰煤气，西南望去，不是龙山山脉的蜿蜒的余波，便是太湖湖面的镜光的返照。到处有桑麻的肥地，到处有起屋的良材，耕地的整齐，道路的修广，和一种和平气象的横溢，是在江浙各农区中所找不出第二个来的好地。可惜我没有去做官，可惜我不曾积下些钱来，否则我将不买阳羡之田，而来这开原乡里置它的三十顷地。营五亩之居，筑一亩之室。竹篱之内，树之以桑，树之以麻，养些鸡豚羊犬，好供岁时伏腊置酒高会之资；酒醉饭饱，在屋前的太阳光中一躺，更可以叫稚子开一开留声机器，听听克拉衣斯勒的提琴的慢调或卡儿骚的高亢的悲歌。若喜欢看点新书，那火车一搭，只教有半日工夫，就可以到上海的璧恒、别发，去买些最近出版的优美的书来。这一点卑卑的愿望，啊啊，这一点在大人先生的眼里看起来，简直是等于矮子的一个小脚指头般大的奢望，我究竟要在何年何月，才享受得到呢？罢罢，这样的在公共汽车里坐着，这样的看看两岸的疾驰过去的桑田，这样的注视注视龙山的秋景，这样的吸收吸收不用钱买的日色湖光，也就可以了，很可以了，我还是不要作那样的妄想，且念首清诗，聊作个过屠门的大嚼罢！

Mine be a cot beside the hill

A bee-hive's hum shall soothe my ear ;

A willowy brook that turns a mill,

With many a fall shall linger near.

The swal'ow, oft, beneath my thatch,

Shall twitter from her clay-built nest ;

Oft shall the pilgrim lift the latch,

And share my meal, a welcome guest.

Around my ivied porch shall spring

Each fragrant flower that drinks the dew,

And Lucy, at her wheel, shall sing

In russet-gown and apron blue.

The village-church among the trees,

Where first our marriage-vows were given,

With merry peals shall swell the breeze

And point with taper spire to Heaven.

　　这样的在车窗口同诗里的蜜蜂似的哼着念着，我们的那乘公共汽车，已经驶过了张巷荣巷，驶过了一支小山的腰岭，到了梅园的门口了。

达夫游记

四

　　梅园是无锡的大实业家荣氏的私园，系筑在去太湖不远的一支小山上的别业，我的在公共汽车里想起的那个愿望，他早已大规模地为我实现造好在这里了；所不同者，我所想的是一间小小的茅篷，而他的却是红砖的高大的洋房，我是要缓步以当车，徒步在那些桑麻的野道上闲走的，而他却因为时间是黄金就非坐汽车来往不可的这些违异。然而人同此心，心同此理，看将起来，有钱的人的心理，原也同我们这些无钱无业的闲人的心理是一样的，我在此地要感谢荣氏的竟能把我的空想去实现而造成这一个梅园，我更要感谢他既造成之后而能把它开放，并且非但把它开放，而又能在梅园里割出一席地来租给人家，去开设一个接待来游者的公共膳宿之场。因为这一晚我是决定在梅园里的太湖饭店内借宿的。

　　大约到过无锡的人总该知道，这附近的别墅的位置，除了刚才汽车通过的那支横山上的一个别庄之外，要算这梅园的位置算顶好了。这一条小小的东山，当然也是龙山西下的波脉里的一条，南去太湖，约只有小三里不足的路程，而在这梅园的高处，如招鹤坪前，太湖饭店的二楼之上，或再高处那荣氏的别墅楼头，南窗开了，眼下就见得到太湖的一角，波光容与，时时与独山，管社山的山色相掩映。至于园里的瘦梅千树，小榭数间，和曲折的路径，高而不美的假山之类，不过尽了一点点缀的余功，并不足以语园林营造的匠心之所在的。所以梅园之胜，在它的位置，在它的与太湖的接而又离，离而又接的妙处，我的不远数十里的奔波，定要上此地来借它一宿的原因，也只想利用利用这一点特点而已。

在太湖饭店的二楼上把房间开好，喝了几杯既甜且苦的惠泉山酒之后，太阳已有点打斜了，但拿出表来一看，时间还只是午后的两点多钟。我的此来，原想看一看一位朋友所写过的太湖的落日，原想看看那落日与芦花相映的风情的，若现在就赶往湖滨，那未免去得太早，后来怕要生出久候无聊的感想来。所以走出梅园，我就先叫了一乘车子，再回到惠山寺去，打算从那里再由别道绕至湖滨，好去赶上看湖边的落日。但是锡山一停，惠山一转，遇见了些无聊的俗物在惠山泉水旁的大嚼豪游，及许多武装同志们的沿路的放肆高笑，我心里就感到了一心的不快，正同被强人按住在脚下，被他强塞了些灰土尘污到肚里边去的样子，我的脾气又发起来了，我只想登到无人来得的高山之上去尽情吐泻一番，好把肚皮里的抑郁灰尘都吐吐干净。穿过了惠山的后殿，一步一登，朝着只有斜阳和衰草在弄情调戏的濯濯的空山，不晓走了多少时候，我竟走到了龙山第一峰的头茅篷外了。

目的总算达到了，惠山锡山寺里的那些俗物，都已踏踢在我的脚下。四大皆空，头上身边，只剩了一片蓝苍的天色和清淡的山岚。在此地我可以高啸，我可以俯视无锡城里的几十万为金钱名誉而在苦斗的苍生，我可以任我放开大口来骂一阵无论那一个凡为我所疾恶者，骂之不足，还可以吐他的面，吐面不足，还可以以小便来浇上他的身头。我可以痛哭，我可以狂歌，我等爬山的急喘回复了一点之后，在那块

达夫游记

头茅篷前的山峰头上竟一个人演了半日的狂态，直到喉咙干哑，汗水横流，太阳也倾斜到了很低很低的时候为止。

气竭声嘶，狂歌高叫的声音停后，我的两只本来是为我自己的噪聒弄得昏昏的耳里，忽而沁的钻入了一层寂静，风也无声，日也无声，天地草木都仿佛在一击之下变得死寂了。沉默，沉默，沉默，空处都只是沉默。我被这一种深山里的静寂压得怕起来了，头脑里却起了一种很可笑的后悔。"不要这世界完全被我骂得陆沉了哩？"我想，"不要山鬼之类听了我的啸声来将我接受了去，接到了他们的死灭的国里去了哩？"我又想，"我在这里踏着的不要不是龙山山头，不要是阴间的滑油山之类哩？"我再想。于是我就注意看了看四边的景物，想证一证实我这身体究竟还是仍旧活在这卑污满地的阳世呢，还是已经闯入了那个鬼也在想革命而谋做阎王的阴间。

朝东望去，远散在锡山塔后的，依旧是千万的无锡城内的民家和几个工厂的高高的烟突，不过太阳斜低了，比起午前的光景来，似乎加添了一点倦意。俯视下去，在东南的角里，桑麻的林影，还是很浓很密的，并且在那条白线似的大道上，还有行动的车类的影子在那里前进呢，那么至少至少，四周都只是死灭的这一个观念总可以打破了。我宽了一宽心，更掉头朝向了西南，太阳落下了，西南全面，只是眩目的湖光，远处银蓝蒙潆，当是湖中间的峰面的暮霭，西面各小山的面影，也都变成了紫色了。因为看见了斜阳，看见了斜阳影里的太湖，我的已经闯入了死界的念头虽则立时打消，但是日暮途穷，只一个人远处在荒山顶上的一种实感，却油然的代之而起。我就伸长了脖子拼命的查看起四面的路来，这时候我实在只想找出一条近而且坦的便道，好遵此便道而赶回家去。因为现在我所立着的，是龙山北脉在头茅篷下折向南去的一条支岭的高头，东西南三面只是岩石和泥沙，没有一条走路的。若再回至头茅篷前，重沿了来时的那条石级，再下至惠山，则无缘无故便白白的不得不多走许多的回头曲路，大丈夫是不走回头路的，我一边心里虽在这样的同小孩子似的想着，但实在我的脚力也有点虚竭了。"啊啊，要是这儿有一所庵庙的话，那我就可以不必这样的着急了。"我一边尽在看四面的地势，一边心里还在作这样的打算，"这地点多么好啊，东面可以看无锡全市，西面可以见太湖的夕阳，后面是头茅篷的高顶，前面是朝正南的开原乡一带的村落，这里比起那头茅篷来，形势不晓要好几十倍。无锡人真没有眼睛，怎么会将这一块龙山南面的平坦的山岭这样的弃置着，而不来造一所庵庙的呢？唉唉，或者他们是将这一个好地方留着，留待我来筑室幽居的罢？或者几十年后将有人来，因我今天的在此一哭而为我起一个痛哭之台，而与我那故乡的谢氏西台来对立的罢？哈哈，哈哈。不错，很不错。"末后想到了这一个夸大妄想狂者的想头之后，我的精神也抖擞起来了，于是拔起脚跟，不管它有路没有路，只是往前向那条朝南斜拖下去的山坡下乱走。结果在乱石上滑坐了几次，被荆棘钩破了一块小襟和一双线袜，我跳过了几块岩石，不到三十分钟，我也居然走到了那支荒山脚下的坟堆里了。

　　到了平地的坟树林里来一看，西天低处太阳还没有完全

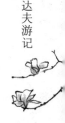

达夫游记

落尽，走到了离坟不远的一个小村子的时候，我看了看表，已经是五点多了。村里的人家，也已经在预备晚餐，门前晒在那里的干草豆萁，都已收拾得好好，老农老妇，都在将暗未暗的天空下，在和他们的孙儿孙女游耍。我走近前去，向他们很恭敬的问了问到梅园的路径，难得他们竟有这样的热心，居然把我领到了通汽车的那条大道之上。等我雇好了一乘黄包车坐上，回头来向他们道谢的时候，我的眼角上却又扑簌簌地滚下了两粒感激的大泪来。

五

山居清寂，梅园的晚上，实在是太冷静不过。吃过了晚饭，向庭前去一走，只觉得四面都是茫茫的夜雾和每每的荒田，人家也看不出来，更何况乎灯烛辉煌的夜市。绕出园门，正想拖了两只倦脚走向南面野田里去的时候，在黄昏的灰暗里我却在门边看见了一张有几个大字写在那里的白纸。摸近前去一看，原来是中华艺大的旅行写生团的通告。在这中华艺大里，我本有一位认识的画家C君在那里当主任的，急忙走回饭店，教茶房去一请，C君果然来了。我们在灯下谈了一会，又出去在园中的高亭上站立了许多时候，这一位不趋时尚，只在自己精进自己的技艺的画家，平时总老是讷讷不愿多说话的，然而今天和我的这他乡的一遇，仿佛把他的习惯改过来了，我们谈了些以艺术作了招牌，拼命的在运动做官做委员的艺术家的行为。我们又谈到了些设了很好听的名目，而实际上只在骗取青年学子的学费的艺术教育家的心迹。

我们谈到了艺术的真髓，谈到了中国的艺术的将来，谈到了革命的意义，谈到了社会上的险恶的人心，到了叹声连发，不忍再谈下去的时候，高亭外的天色也完全黑了。两人伸头出去，默默地只看了一回天上的几颗早见的明星。我们约定了下次到上海时，再去江湾访他的画室的日期，就各自在黑暗里分手走了。

大约是一天跑路跑得太多了的缘故罢，回旅馆来一睡，居然身也不翻一个，好好儿的睡着了。约莫到了残宵二三点钟的光景，槛外的不知从那一个庙里来的钟声，尽是当当当当的在那里慢击。我起初梦醒，以为附近报火的钟声，但披衣起来，到室外廊前去一看，不但火光看不出来，就是火烧场中老有的那一种叫噪的人号狗吠之声也一些儿听它不出。庭外如云如雾，静浸着一庭残月的清光。满屋沉沉，只充满着一种遥夜酣眠的呼吸。我为这钟声所诱，不知不觉，竟扣上了衣裳，步出了庭前，将我的孤零的一身，浸入了仿佛是要粘上衣来的月光海里。夜雾从太湖里蒸发起来了，附近的空中，只是白茫茫的一片。叉桠的梅树林中，望过去仿佛是有人立在那里的样子。我又慢慢的从饭店的后门，步上了那个梅园最高处的招鹤坪上。南望太湖，也辨不出什么形状来，不过只觉得那面的一块空阔的地方，仿佛是由千千万万的银丝织就似的，有月光下照的清辉，有湖波返射的银箭，还有如无却有，似薄还浓，一半透明，一半黏湿的湖雾湖烟，假如你把身子用力的朝南一跳，那这一层透明的白网，必能悠扬地牵举你起来，把你举送到王母娘娘的后宫深处去似的。这是我当初看了那湖天一角的景象的时候的感想。但当万籁

达夫游记

无声的这一个月明的深夜，幽幽地慢慢地，被那远寺的钟声，当嗡，当嗡的接连着几回有韵律似的催告，我的知觉幻想，竟觉得渐渐地渐渐地麻木下去了，终至于什么也不想，什么也不干，两只脚柔软地跪坐了下去，眼睛也只同呆了似的盯视住了那悲哀的残月不能动了。宗教的神秘，人性的幽幻，大约是指这样的时候的这一种心理状态而说的罢，我像这样的和耶稣教会的以马内利的圣像似的，被那幽婉的钟声，不知魔伏了许多时，直到钟声停住，木鱼声发，和尚——也许是尼姑——的念经念咒的声音幽幽传到我耳边的时候，方才挺身立起，回到了那旅馆的居室里来，这时候大约去天明总也已经不远了罢？

回房不知又睡着了几个钟头，等第二次醒来的时候，前窗的帷幕缝中却漏入了几行太阳的光线来。大约时候总也已不早了，急忙起来预备了一下，吃了一点点心，我就出发到太湖湖上去。天上虽各处飞散着云层，但晴空的缺处，看起来仍可以看得到底的，所以我知道天气总还有几日好晴。不过太阳光太猛了一点，空气里似乎有多量的水蒸气含着，若要登高处去望远景，那像这一种天气是不行的，因为晴而不爽，你不能从厚层的空气里辨出远处的寒鸦林树来，可是只要看看湖上的风光，那像这样的晴天，也已经是尽够的了。并且昨晚上的落日没有看成，我今天却打算牺牲它一天的时日，来试试太湖里的远征，去找出些前人所未见的岛中僻景来，这是当走出园门，打杨庄的后门经过，向南走入野田，在走上太湖边上去的时候的决意。

太阳升高了，整洁的野田里已有早起的农夫在辟土了。

行经过一块桑园地的时候，我且看见了两位很修媚的姑娘，头上罩着了一块白布，在用了一根竹杆，打下树上的已经黄枯了的桑叶来。听她们说这也是蚕妇的每年秋季的一种工作，因为枯叶在树上悬久了，那老树的养分不免要为枯叶吸几分去，所以打它们下来是很要紧的，并且黄叶干了，还可以拿去生火当柴烧，也是一举两得的事情。

在野田里的那条通至湖滨的泥路，上面铺着的尽是些细碎的介虫壳儿，所以阳光照射下来，有几处虽只放着明亮的白光，但有几处简直是在发虹霓似的彩色。

像这样的有朝阳晒着的野道，像这样的有林树小山围绕着的空间，况且头上又是青色的天，脚底下并且是五彩的地，饱吸着健康的空气，摆行着不急的脚步，朝南的走向太湖边去，真是多么美满的一幅清秋行乐图呀！但是风云莫测，急变就起来了，因为我走到了管社山脚，正要沿了那条山脚下新辟的步道走向太湖旁的一小湾，俗名五里湖滨的时候，在山道上朝着东面的五里湖心却有两位着武装背皮带的同志和一位穿长袍马褂的先生立在那里看湖面的扁舟。太阳光直射在他们的身上，皮带上的镀镍的金属，在放异样的闪光。我毫不留意地走近前去，而听了我的脚步声将头掉转来的他们中间的武装者的一位，突然叫了我一声，吃了一惊，我张开了大眼向他一看，原来是一位当我在某地教书的时候的从前的学生。

他在学校里的时候本来就是很会出风头的，这几年来际会风云，已经步步高升成了党国的要人了，他的名字我也曾在报上看见过几多次的，现在突然的在这一个地方被他那么

达夫游记

的一叫，我真骇得颜面都变成了土色了。因为两三年来，流落江湖，不敢出头露面的结果，我每遇见一个熟人的时候，心里总要怦怦的惊跳。尤其是在最近被几位满含恶意的新闻记者大书了一阵我的叛党叛国的记载以后，我更是不敢向朋友亲戚那里去走动了。而今天的这一位同志，却是党国的要人，现任的中央机关里的党务委员，若论起罪来，是要从他的手中发落的，冤家路窄，这一关叫我如何的偷逃过去呢？我先发了一阵抖，立住了脚呆木了一下，既而一想，横竖逃也逃不脱了，还是大着胆子迎上去罢，于是就立定主意保持着若无其事的态度，前进了几步，和他握了握手。

"呵！怎么你也会在这里！"我很惊喜似地装着笑脸问他。

"真想不到在这里会见到先生的，近来身体怎么样？脸色很不好哩！"他也是很欢喜地问我。看了他这样态度，我的胆子放大了，于是就造了一篇很圆满的历史出来报告给他听。

我说因为身体不好，到太湖边上来养病已经有二年多了，自从去年夏天起，并且因为闲空不过，就在这里聚拢了几个小学生来在教他们的书，今天是礼拜，所以才出来走走，但吃中饭的时候却非要回去不可的，书房是在城外××桥××巷的第××号，我并且要请他上书房去坐坐，好细谈谈别后的闲天。我这大胆的谎语原也已经听见了他这一番来锡的任务之后才敢说的，因为他说他是来查勘一件重大党务的，在这太湖边上一转，午后还要上苏州去，等下次再有来无锡的机会的时候再来拜访，这是他的遁辞。

他为我介绍了那另外的两位同志，我们就一同的上了万顷堂，上了管社山，我等不到一碗清茶泡淡的时候，就设辞和他们告别了。这样的我在惊恐和疑惧里，总算访过了太湖，游尽了无锡，因为中午十二点的时候我已同逃狱囚似的伏在上行车的一角里在喝压惊的"苦配"啤酒了。这一次游无锡的回味，实在也同这啤酒的味儿差仿不多。

一九二八年十一月作者在途中记

达夫游记

国道飞车记

两浙的山水，差不多已经看到十之七八了，只有杭州北去，所谓京杭国道的一带，自从汽车路修成之后，却终于没有机会去游历。像莫干山，像湖州，像长兴等处，我去的时候，都系由拱宸桥坐小火轮而去，至今时隔十余年，现在汽车路新通，当然又是景象一变了，因而每在私私地打算，想几时腾出几日时间来，从杭州向北，一直的到南京为止，再去试一番混沌的游行。

七月二十一日，亦即阴历六月下旬的头一天，正当几日酷暑后的一个伏里的星期假日，赵公夫妇，先期约去宜兴看善卷、庚桑两洞的创制规模；有此一对好游侣，自然落得去领略领略祝英台的故宅，张道陵的仙岩了。所以早晨四点钟的时候，就性急慌忙地立向了苍茫的晨色之中，像一只鹤样，伸长了头，尽在等待着一九五号汽车的喇叭声来。

六点多钟到了旗下，和朱惠清夫妇，一共三对六人，挤入了一辆培克轿车的中间。出武林门，过小河寨，走上两旁有白杨树长着的国道的时候，大家只像是笼子里放出来的小鸟，嘻嘻哈哈。你说一声"这风景多么好啊！"我唱一句"青山绿水常在面前！"把所有的人生之累，都撒向汽车后面的灰尘里去了。

　　飞跑了二三十分钟，面前看见了一条澄碧的清溪，溪上有一围小山，山上山下更有无数的白壁的人家，倒映在溪水的中流，大家都说是瓶窑到了；是拱宸桥以北的第一个大镇，也就是杭州属下四大镇中间的一个。前两个月，由日本庚款中拨钱创设的上海自然科学研究所所长中尾博士来浙江调查地质，曾对我说过，瓶窑是五百年前窑业极盛的地方；虽则土质不十分细致，但若开掘下去，也还可以掘出许多有价值的古瓶古碗来。车从那条架在苕溪溪上的木桥上驶过，我心里正在打算，想回来的时候，时间若来得及，倒也可以下车去看看，这瓶窑究竟是一个怎么样的地方。

　　当这一个念头正还没有转完，汽车到了山后，却迟迟地突然发出了几声异样的响声。勃来克一攀，车刹住了；车夫跳下去检查了一下，上来再踏；车身竟摆下了架子，再也不肯动了；我们只能一齐下来，在野道旁一处车水的地方暂息了一下尘身。等车夫上瓶窑公路车站去叫了机器师来检查的时候，我们已经吃完了几个茶叶蛋，两杯黄酒，和三个梨儿；而四周的野景，南面的山坡，和一池浅水，数簇疏林，还不算是正式的下酒之物。

　　唱着自然的大道之歌，和一群聚拢来看热闹的乡下顽童，亨落呵落地将汽车倒推了车站的旁边，赵公夫妇就忙去打电话叫汽车；不负责任的我们四人，便幸灾乐祸，悠悠地踏上

达夫游记

了桥头，踏上了后窑的街市，大嚼了一阵油条烧饼，炒豆黄金瓜。好容易把电话打通，等第二乘汽车自杭州出发来接替的中间，我们大家更不忙不怕，在四十几分钟之内，游尽了瓶窑镇上磨子心，横街等最热闹的街市，看遍了四面有绿水回环着的回龙寺的伽蓝。

当第二乘接替的汽车到来，喇叭吹着，催我们再上车去的一刻，我们立在回龙寺东面的小桥栏里，看看寺后的湖光，看看北面湖上的群山，更问问上这寺里来出家养老，要出几百元钱才可以买到一所寮房的内部组织，简直有点儿不想上车，不想再回到红尘人世去的样子。

因为在瓶窑耽误了将近两小时的工夫，怕前程路远，晚上赶不及回杭州，所以汽车一发，就拼命地加紧了速度；所以驶过湖州，驶过烟波浩荡的太湖边上，都不曾下来拥鼻微吟，学一学骚人雅士的流连风景。但当走过江浙交界的界碑的瞬间，与过国道正中途，太湖湖上有许多妨碍交通的木牌坊立着的一霎那，大家的心里，也莫名其妙的起了一种感慨，这是人类当自以为把"无限"征服了的时候，必然地要起来的一种感慨，宇宙之中，最显而易见的"无限"的观念，是空间与时间；人生天地间，与无限的时间和空间来一较量，实在是太渺小太可怜了；于是乎就得想个法子出来，好让大家来自慰一下。所以国界省界县界等等，就是人类凭了浅薄的头脑，想把无限的空间来加以限制的一种小玩意儿；里程的记数，与夫山川界路的划分，用意虽在保持私有财产的制度，但实际却可以说是我们对于"无限"想加以征服的企图。把一串不断的时间来划成年，分成月，更细切成日与时与分，其用意也在乎此，就是数的设定，也何尝不是出于这一种人类的野心？因为径寸之木，以二分之，便一辈子也分不完，一加一地将数目连加上去，也同样一辈子都加不尽的。

车过太湖，于受到了这些说不出理由的感动之外，我们原也同做梦似地从车窗里看到了一点点风景。烈日下闪烁着的汪洋三万六千顷的湖波，以及老远老远浮在那里的马迹山洞庭山等的岛影，从飞驰着的汽车窗里遥望过去，却像是电影里的外景，也像是走马灯上的湖山。而正当京杭国道的正中，从山坡高处，在土方堤下看得见的那些草舍田畴，农夫牛马，以及青青的草色，矮矮的树林，白练的湖波，蜿蜒的溪谷，更象是由一位有艺术趣味的模型制作家手捏出来的山谷的缩图。

从国道向西岔去，又在高低不平的新筑支路上疾驰了二三十分钟，正当正午，车子却到了善卷洞外了。

善卷洞外的最初的印象，是一排不大有树木的小山，和许多颜色不甚调和的水泥亭子及洋房，虽说是洋房，但洞口的那一座大建筑物，图样也实在真坏；或许是建筑未完，布置未竣，所以给来游的人的最初印象，不甚高明；但洞内的水门汀路，及岩壁的开凿等工程，也着实还有些可以商量的地方。在我们这些曾经见过广西的岩洞，与北山三十六洞天的游客看来，觉得善卷洞也不过是一个寻常的山洞而已，可是储先生的苦心经营，化了十余万块钱，直到现在也还没有完工的那一种毅力，却真值得佩服得很。善卷洞的最大特点，是由洞底流向后山出口的那一条洞里的暗水，坐坐船也有十几分钟好走；穿出后山，豁然开朗，又是一番景象了，这一

达夫游记

段洞里的行舟，倒真是不可埋没的奇趣。我们因为到了洞里，大家都同饿狼似地感到了饥饿，并且下午回来，还有二三百里的公路要跑，所以在善卷洞中只匆匆看了一个大概。附近的古迹，像祝英台的坟和故宅，上面有一块吴天玺元年封禅囤碑立着的国山等处，都没有去；而守洞导游的一群貌似匪类的人，只知敲竹杠，不知领导游客，说明历史的种种缺点，更令我们这六位塞饱了面包和罐头食物的假日旅行者，各催生了可嫌的呕吐。竹杠原也敲得并不很大，但使用一根手杖，坐一坐洞里的石磙，甚而至于舒一舒下气，都要算几毛几分的大洋，却真有点儿气人。

从善卷洞出来，大约东面离洞口约莫有十里地左右的路旁，我们又偶然发现了一个芙蓉古寺。这寺据说是唐代的名刹，像是近年来新行修理的样子；四围的树木，门外的小桥，寺东面的一座洁净的客厅，都令人能够发生一种好感；而临走的时候，对于两毫银币的力钱的谢绝，尤其使我们感到了僧俗的界别；因为看和尚的态度，倒并不是在于嫌憎钱少，却只是对于应接不周的这件事情在抱歉的样子。

再遵早晨进去的原路出来，走到了一处有牌坊立着的三岔路口，是朝南走向庚桑亦即张公洞去的支路了，路牌上写着，有三公里多点的路程。

张公洞似乎已经由储先生完全整理好了，我们车到了后洞的石级之前，走上了对洞口的那一扇门前坐下，扑面就感到了一阵冷气，凉隐隐，潮露露，立在那一扇造在马鞍小岭上的房屋下的圆洞门前发着抖，更向下往洞口一看，从洞里哼出来的，却是一层云不像云，烟不似烟的凉水蒸气。没有进洞，大家就高兴极了，说这里真是一块不知三伏暑的极乐世界。喝了几口茶，换上了套鞋，点着油灯，跟着守洞的人，一层一层的下去，大家的肌肤上就起了鸡粒；等到了海王厅的大柱下去立定，举头向上面前洞口瞭望天光的时候，大家的话声，都嗡嗡然变成了怪响。第一是鼻头里凝住了鼻液，伤起风来了，第二是因为那一个圆形的大石盖，几百丈方的大石盖，对说话的人声，起了回音。脚力强健的赵公夫妇，还下洞底里去看了水中的石柱，上前洞口去看天光，我们四个却只在海王厅里，饱吸着蝙蝠的大小便气，高声乱唱了一阵京调，因而嗡嗡的怪响，也同潮也似地涨满了全洞。

从庚桑洞出来，已经是未末申初的时刻了，但从支路驶回国道，飞驰到湖州的时候，太阳还高得很。于是大家就同声一致，决定走下车去，上碧浪湖头去展拜一回英士先生的坟墓。道场山上的塔院、湖州城里的人家，原也同几十年前的样子一样，没有什么改易，可是碧浪湖的湖道，却是淤塞得可观，大约再过几十年，就要变得像大明湖一般，涨成一片的水田旱道无疑了；沧海变桑田，又何必麻姑才看得见，我就可以算是一个目睹着这碧浪湖淤塞的老寿星。

回来的路上，大约是各感到了疲倦的结果，两个多钟头，坐在车子里面，竟没有一个人发放一点高声的宏论；直到七点钟前，车到旗下，在朱公馆洗了一洗手脸，徒步走上湖滨菜馆去吃饭的中间，朱公才用了文言的语气，做了一篇批评今天的游迹的奇文，终于引得大家哈哈地发了笑，多吃了一碗稀饭，总算也是这一次游行的一个伟大的结局。

"且夫天下事物，有意求之，往往不能得预定的效果；而偶然的发生，则枝节之可观每有胜于根千万倍者。所谓有意栽花花不活，无心插柳柳成荫之古语，殆此之谓欤？即以今日之游踪而论，瓶窑的一役，且远胜于宜兴之两洞；芙蓉的一寺，亦较强于碧浪的湖波；而一路之遥山近水，太湖的倒映青天，回来过拱埠时之几点疏雨，尤其是文中的佳作，意外的收成。总而言之，清游一日，所得正多，我辈亦大可自慰。若欲论功行赏，则赵公之指挥得体，夫人的辎重备粮，尤堪嘉奖；其次则飞车赶路，舆人之功不可磨；至于吟诗记事，播之遐迩，传之将来，则更有待于达翁，鄙见如此，质之赵公，以为何如？"

这一段名议论，确是朱公用了缓慢的湖北官音，随口诵出来的全文，认为不忍割爱，所以一字不易，为之记录于此。

二十四年七月二十四日

扬州旧梦寄语堂

语堂兄：

"乱掷黄金买阿娇，穷来吴市再吹箫，

　　箫声远渡江淮去，吹到扬州廿四桥。"

这是我在六七年前——记得是一九二八年的秋天，写那篇《感伤的行旅》时瞎唱出来的歪诗；那时候的计划，本想从上海出发，先在苏州下车，然后去无锡，游太湖，过常州，达镇江，渡瓜步，再上扬州去的。但一则因为苏州在戒严，再则因在太湖边上受了一点虚惊，故而中途变计，当离无锡的那一天晚上，就直到了扬州城里。旅途不带《诗韵》，所以这一首打油诗的韵脚，是姜白石的那一首"小红唱曲我吹箫"的老调，系凭着了车窗，看看斜阳衰草，残柳芦苇，哼出来的莫名其妙的山歌。

我去扬州，这时候还是第一次；梦想着扬州的两字，在声调上，在历史的意义上，真是如何地艳丽，如何地够使人魂销而魄荡！

竹西歌吹，应是玉树后庭花的遗音；萤苑迷楼，当更是临春结绮等沉檀香阁的进一步的建筑。此外的锦帆十里，殿脚三千，后土祠琼花万朵，玉钩斜青冢双行，计算起来，扬州的古迹，名区，以及山水佳丽的地方总要有三年零六个月才逛得遍。唐宋文人的倾倒于扬州，想来一定是有一种特别见解的；小杜的"青山隐隐水迢迢"，与"十年一觉扬州梦"，还不过是略带感伤的诗句而已，至如"君王忍把平陈业，只换雷塘数亩田"，人生只合扬州死，禅智山光好墓田，那简直是说扬州可以使你的国亡，可以使你的身死，而也决无后悔的样子了，这还了得！

在我梦想中的扬州，实在太有诗意，太富于六朝的金粉气了，所以那一次从无锡上车之后，就是到了我所最爱的北固山下，亦没有心思停留半刻，便匆匆的渡过了江去。

长江北岸，是有一条公共汽车路筑在那里的；一落渡船，就可以向北直驶，直达到扬州南门的福运门边。再过一条城河，便进扬州城了，就是一千四五百年以来，为我们历代的诗人骚客所赞叹不置的扬州城，也就是你家黛玉的爸爸，在此撇下了孤儿升天成佛去的扬州城！

但我在到扬州的一路上，所见的风景，都平坦萧杀，没有一点令人可以留恋的地方，因而想起了晁无咎的《赴广陵道中》的诗句：

　　醉卧符离太守亭，别都弦管记曾称，

淮山杨柳春千里，尚有多情忆小胜。

（小胜，劝酒女鬟也。）

急鼓冬冬下泗州，却瞻金塔在中流，

帆开朝日初生处，船转春山欲尽头。

杨柳青青欲哺乌，一春风雨暗隋渠，

落帆未觉扬州远，已喜淮阴见白鱼。

　　才晓得他自安徽北部下泗州，经符离（现在的宿县）由水道而去的，所以得见到许多景致，至少至少，也可以看到两岸的垂杨和江中的浮屠鱼类。而我去的一路呢，却只见了些道路树的洋槐，和秋收已过的沙田万顷，别的风趣，简直没有。连绿杨城廓是扬州的本地风光，就是自隋朝以来的堤柳，也看见得很少。

　　到了福运门外，一见了那一座新修的城楼，以及写在那洋灰壁上的三个福运门的红字，更觉得兴趣索然了；在这一种城门之内的亭台园圃，或楚馆秦楼，哪里会有诗意呢？

　　进了城去，果然只见到了些狭窄的街道，和低矮的市廛，在一家新开的绿杨大旅社里住定之后，我的扬州好梦，已经醒了一半了。入睡之前，我原也去逛了一下街市，但是灯烛辉煌，歌喉宛转的太平景象，竟一点儿也没有。"扬州的好处，或者是在风景；明天去逛瘦西湖，平山堂，大约总特别的会使我满足，今天且好好儿地睡它一晚，先养养我的脚力吧！"这是我自己替自己解闷的想头，一半也是真心诚意，想驱逐驱逐宿娼的邪念的一道符咒。

　　第二天一早起来，先坐了黄包车出天宁门去游平山堂。

达夫游记

天宁门外的天宁寺，天宁寺后的重宁寺，建筑的确伟大，庙貌也十分的壮丽，可是不知为了什么，寺里不见一个和尚，极好的黄松材料，都断的断，拆的拆了，像许久不经修理的样子。时间正是暮秋，那一天的天气又是阴天，我身到了这大伽蓝里，四面不见人影，仰头向御碑佛像以及屋顶一看，满身出了一身冷汗，毛发都倒竖起来了，这一种阴戚戚的冷气，叫我用什么文字来形容呢？

回想起二百年前，高宗南幸，自天宁门至蜀冈，七八里路，尽用白石铺成，上面雕栏曲槛，有一道像颐和园昆明湖上似的长廊甬道，直达至平山堂下，黄旗紫盖，翠辇金轮，妃嫔成队，侍从如云的盛况，和现在的这一条黄沙曲路，只见衰草牛羊的萧条野景来一比，实在是差得太远了。当然颓井废垣，也有一种令人发思古之幽情的美感，所以鲍明远会作出那篇《芜城赋》来，但我去的时候的扬州北郭，实在太荒凉了，荒凉得连感慨都教人抒发不出。

到了平山堂东面的功德山观音寺里，吃了一碗清茶，和寺僧谈起这些景象，才晓得这几年来，兵去则匪至，匪去则兵来，住的都是城外的寺院。寺的坍败，原是应该，和尚的逃散，也是不得已的。就是蜀冈的一带，三峰十余个名刹，现在有人住的，只剩了这一个观音寺了，连正中峰有平山堂在的法净寺里，此刻也没有了住持的人。

平山堂一带的建筑，点缀，园囿，都还留着有一个旧日的轮廓；像平远楼的三层高阁，依然还在，可是门窗却没有了；西园的池水以及第五泉的泉路，都还看得出来，但水却干涸了；从前的树木，花草，假山，叠石，并其他的精舍亭园，现在只剩了许多痕迹，有的简直连遗址都无寻处。

我在平山堂上，瞻仰了一番欧阳公的石刻像后，只能屁也不放一个，悄悄的又回到了城里。午后想坐船了，去逛的是瘦西湖小金山五亭桥的一角。

在这一角清淡的小天地里，我却看到了扬州的好处。因为地近城区，所以荒废也并不十分厉害；小金山这面的临水之处，并且还有一位军阀的别墅（徐园）建筑在那里，结构尚新，大约总还是近年来的新筑。从这一块地方，看向五亭桥法海塔去的一面风景，真是典丽矞皇，完全像北平中南海的气象。至于近旁的寺院之类，却又因为年久失修，谈不上了。

瘦西湖的好处，全在水树的交映，与游程的曲折；秋柳影下，有红蓼青蘋，散浮在水面，扁舟擦过，还听得见水草的鸣声，似在暗泣。而几个弯儿一绕，水面阔了，猛然间闯入眼来的，就是那一座有五个整齐金碧的亭子排立着的白石平桥，比金鳌玉蛛，虽则短些，可是东方建筑的古典趣味，却完全荟萃在这一座桥，这五个亭上。

还有船娘的姿势，也很优美；用以撑船的，是一根竹竿，使劲一撑，竹竿一弯，同时身体靠上去着力，臀部腰部的曲线，和竹竿的线条，配合得异常匀称，异常复杂。若当暮雨潇潇的春日，雇一个容颜姣好的船娘，携酒与茶，来瘦西湖上回游半日，倒也是一种赏心的乐事。

船回到了天宁门外的码头，我对那位姑娘，却也有点儿依依难舍的神情，所以就出了一个题目，要她在岸上再陪我一程。我问她："这近边还有好玩的地方没有？"她说："还有天宁寺，平山堂。"我说："都已经去过了。"她说："还有史公祠。"于是就由她带路，抄过了天宁门，向东的走到了梅花岭下。瓦屋数间，荒坟一座，有的人还说坟里面葬着的只是史阁部的衣冠，看也原没有什么好看；但是一部《廿四史》掉尾的这一位大忠臣的战绩，是读过明史的人，无不为之泪下的；况且经过《桃花扇》作者的一描，更觉得史公的忠肝义胆，活跃在纸上了；我在祠墓的中间立着想着；穿来穿去的走着；竟耽搁了那一位船娘不少的时间。本来是阴沉短促的晚秋天，到此竟垂垂欲暮了，更向东踏上了梅花岭的斜坡，我的唱山歌的老病又发作了，就顺口唱出了这么的二十八字：

三百年来土一邱，忠臣遗爱满扬州，
二分明月千行泪，并作梅花岭下秋。

写到这里，本来是可以搁笔了，以一首诗起，更以一首诗终，岂不很合鸳鸯蝴蝶的体裁的么？但我还想加上一个总结，以醒醒你的骑鹤上扬州的迷梦。

总之，自大业初开邗沟入江渠以来，这扬州一郡，就成了中国南北交通的要道；自唐历宋，直到清朝，商业集中于此，冠盖也云屯在这里。既有了有产及有势的阶级，则依附这阶级而生存的奴隶阶级，自然也不得不产生。贫民的儿女，就被他们强迫作婢妾，于是乎就有了杜牧之的青楼薄幸之名，所谓"春风十里扬州路"者，盖指此。有了有钱的老爷，和美貌的名娼，则饮食起居（园亭），衣饰犬马，名歌艳曲，才士雅人（帮闲食客），自然不得不随之而俱兴，所以要腰缠十万贯，才能逛扬州者，以此。但是铁路开后，扬州就一落千丈，萧条到了极点。从前的运使，河督之类，现在也已经驻上了别处；殷实商户，巨富乡绅，自然也分迁到了上海或天津等洋大人的保护之区，故而目下的扬州只剩了一个历史上的剥制的虚壳，内容便什么也没有了。

扬州之美，美在各种的名字，如绿杨村，廿四桥，杏花村舍，邗上农桑，尺五楼，一粟庵等；可是你若辛辛苦苦，寻到了这些最风雅也没有的名称的地方，也许只有一条断石，或半间泥房，或者简直连一条断石，半间泥房都没有的。张陶庵有一册书，叫作《西湖梦寻》，是说往日的西湖如何可爱，现在却不对了，可是你若到扬州去寻梦，那恐怕要比现在的西湖还更不如。

你既不敢游杭，我劝你也不必游扬，还是在上海梦里想象想像欧阳公的平山堂，王阮亭的红桥，《桃花扇》里的史阁部，《红楼梦》里的林如海，以及盐商的别墅，乡宦的妖姬，倒来得好些。枕上的卢生，若长不醒，岂非快事。一遇现实，那里还有 Dichtung 呢！

一九三五年五月

127

南游日记

十月二十二日，旧历九月十五日，星期一，阴晴，天似欲变。

午后陪文伯游湖一转，且坚约于明晨侵早渡江，作天台雁荡之游。返家刚过五时，急为上海生生美术公司预定出版之月刊草一随笔，名《桐君山的再到》，成二千字；所记的当然是前天和文伯去富阳去桐庐一带所见和所感的种种。但文伯不喜将名氏见于经传，故不书其名，而只写作我的老友来杭，陪去桐庐。在桐君山上写的那一首歪诗亦不抄入，因语意平淡，无留存的价值。

晚上，向图书馆借得张联元觉庵所辑《天台山全志》一部，打算带去作导游之用。因张志成于康熙丁酉年，比明释传灯所编之《天台山方外志》，年代略后，或者山容水貌，与今日的天台更有几分近似处。

翻阅志书，至十时，就上床睡，因明天要起一个大早，渡江过西兴去坐车出发。

二十二日（九月十六），星期二，晴，有雾。

六时起床，刚洗沐中，文伯之车，已来门外。急会萃行李，带烟酒各两大包，衣服鞋袜一箱，罐头食品，书籍纸笔，絮被草枕各一捆，都是霞的周到文章，于前夜为我们两人备好的。

登车驶至江边，七点的轮渡未开。行人满载了三四船之外，还有兵士，亦载得两船，候轮船来拖渡过江，因想起汪水云诗："三日钱塘潮不至，千军万马渡江来！"的两句。原诗不知是否如此，但古来战略，似乎都系由隔岸驻重兵，涉江来袭取杭州的。三国孙吴，五代钱武肃王的军事策略，都是如此。伯颜灭南宋，师次皋亭，江的两岸亦驻重兵，故德祐宫中有三日钱塘潮不至之叹。若钱江大桥一筑成，各地公路一开通，战略当然是又要大变。

西兴上岸，太阳方照到人家的瓦上，计时当未过八点。在岸旁车站内，遍寻公路局借给我们用的车，终寻不着。不得已，只能打电话向公路局去催，连打两次，都说五百零九号的雪佛勒车，已于今晨六时过江来了。心里生了懊恼，觉得首途之日，第一着就不顺意，不知此后的台荡之游，结果究将如何。于是就只能上萧绍长途汽车站旁的酒店里去喝酒，以浇抑郁，以等车来。

九点左右，车终于来了，问何以迟至，答系汽车过渡不便之故。匆匆上车，向东南驶去，对柯岩，兰亭，快阁，龙山，禹陵，禹穴，东湖，六陵，以及吼山等越中名胜，都遥致了一个敬意，约于他日来重游。到绍兴约十点过，山阴道上的石栏，鉴湖的一曲，及府山上的空亭，只同梦里的昙花，

达夫游记

向车窗显了一显面目。

离绍兴后，车路两旁的道路树颇整齐，秋柳萧条，摇曳着送车远去，倒很像是王实甫曲本里的妙句杂文。由江边至绍兴的曹娥江头，路向是偏南朝东的，在曹娥一折，沿江上去，车就向了正南。过蒿坝，三界，嵊浦等处，右手是不断的越中诸山（嵎山画图山等），左手是清绝的曹娥江水，风景明朗，人家也多富庶，真是江南的大佳丽地。十二点过剡溪，遥望着嵊县东门外的嵊山溪亭，下去吃了一次午餐就走。

车入新昌界后，沿东港走了一段，至拔茅班竹而渐入高地，回旋曲折，到大桥头，岭才绕完。问之建筑工人，这叫什么岭，工头说是卫士（或围寺）岭，不知是哪两字，他日一翻《新昌县志》，当能查出。在这卫士岭上，已能够远远望见天姥山峰天台山脉了，过关岭，在天台山中穿岭绕过，始入天台界。文伯姓王，我姓郁，初入天台山境，只见清溪回绕，与世隔绝，自然也生了些邪念，但身入山中，前从远处看见的山峰反而不见了，所以就唱出了两句山歌："山到天台难识面，我非刘阮也牵情。"知昨天在湖上，文伯曾向霞作过谐谑说：

"明儿我们俩，要扮作刘晨阮肇，合唱一出上天台了，你怕也不怕。"

午后四时，渡清溪，望赤城山，至天台县城东北之国清寺宿。寺为隋时智者禅师所手创，因禅师不及见寺成，只留一隐语说："寺若成，国即清"，故名。规模宏大，僧众繁多，且设有佛学研究所一处，每日讲经做功课不辍，真不愧是一座天台正宗发源地的大丛林。来陪我们吃夜饭的法师华清，亦道貌秀异，有点像画里的东坡。

这一晚，只看了些寺里的建筑，和伽蓝殿外的一株隋梅，及丰于桥溪上的半溪明月，八点多钟，就上床睡了。

二十四日（九月十七），星期三，晴爽。

晨七时上轿，去方广寺看"石梁飞瀑"。

初出寺门，向东向北，沿山溪渡岭过去，朝日方照在谷这一面的山头。溪水冲击声不断，想系石梁小弱弟日夜啼号处。两岸山色也苍翠如七八月时，间有红叶，只染成了一二分而已。溪尽山亦一转，又上一条小岭。小岭尽，前面又是高山，山上有路亭在脊背，仰望似在天上；一条越岭的石级路，笔直笔直的穿在这路亭下高山的当中，问之轿夫，说这是金地岭，是去华顶寺、方广寺必经之路；不得已只好下轿来攀援着走上岭去。幸而今晨出发的时候，和尚送给了两枝万年藤杖摆在轿子里，到了金地岭的半当中，才觉得这藤杖真有意想不到之效力了。

到了金地岭头，上面却是一大平阪。人家点点，村落田畴，都分布得非常匀称。田稻方熟，金黄尚未割起。回头一望来处，千丈的谷底，有溪流，有远树；远有国清寺门前的那枝高塔——传说是隋时的塔——也看得清清楚楚。再向西远望，是天台县城西北的乡间，始丰溪与清溪灌流的地域，亦就是我们昨天汽车所经过的地方了。岭上的路，成了三枝，一枝是我们的来路，一枝向东偏南，望佛陇下太平乡的台底是高明寺（立在岭上寺看得很明白），一枝朝北，再对高山峻岭走去，经寒风阙、陈田洋等处，可到龙王堂，是东去华顶

达夫游记

寺，西北至方广万年寺的大道。

金地岭头，树丛里有一个真觉寺，寺门外立有元和四年的唐碑一块，寺内大殿里保存着一座智者大师真身的骨塔，相传大师于隋开皇十七年圆寂于新昌大佛寺后，他的徒众搬遗蜕来葬于此地的；传说中的定光禅师在梦中向智者大师招手之处，亦即在这岭头的一大岩石上，现称作"招手岩"者是。

在金地岭头西北的一大村落，俗称"塔头村"，因为真觉寺的俗名是塔头寺，所谓"塔头"者，系指智者大师的骨塔而言；乡人无智，谓国清寺前之塔，系一夜中由仙人移来，塔身已安置好了，只少一塔头，仙人移塔头到此，金鸡唱了，天已将亮，不得已就只能弃塔头于此地；现在上国清寺前那枝塔中去向天一望，顶上果有一个圆洞，看得出天光，像是无顶的样子；而金地岭，俗名也叫作"金鸡岭"；不过乡人思虑未周，对于塔头东面的那条银地岭，却无法编入到他们的神话里头去。

我们到了塔头村，看到了这高山上的大平原，以及东西南三面的平谷与远景，已经有点恋恋不忍舍去了；及到了更上一层的俗称"水磨坑"、"落水坑"上的高原地，更不觉绝叫了起来。山上复有山，上一层是一番新景象，一个和平的大村落，有流水，有人家，有稻田与菜圃；小孩们在看割稻，黄白犬在对我们投疑视的眼光，桃花源上更有桃源，行行渐上，迭上三四条岭，仍不觉得是在山巅，这一点我觉得是天台山中最奇特的地方；将来若要辟天台为避暑区域，则地点在水磨坑、落水坑（陈田洋、寒风阙的外台）一带随处都是很适宜的。

自金地岭北去，十五里到龙王堂，又十五里到方广寺。寺处万山之中，上岭下岭，不知要经过几条高低的峻路，才到得了。这地的发现者，是晋昙猷尊者，后传有五百应真居此，宋建中靖国元年（1101年）始建寺，复毁于火，绍熙四年（1193年）重建。其后兴灭的历史，却不可考了。一谷之中，依山的倾斜位置，造了上方广，中方广，下方广的三个寺。中方广在石梁瀑布之旁，即旧昙花亭址。

这深谷里的石梁瀑布的方向，大约是朝西南的，因过龙王堂后，天下了微雨，我们没有带指南针，所以方向辨不清楚。一道金溪，一道不知名的溪，自北自东的直流下来；到了上方广寺前，中方广寺侧的大磐石上，两溪会合，汇成了一条纵横有数十丈宽广的大河；河向西南流，冲上了一块天然直立在那里有点像闸门似的大石。不知经过了几千万年，这一块大石壁的闸门，终被下流之水，冲成了一个弓形的大窟窿。这石窟窿有四五丈宽，丈把来高，水经此孔，一沿石直捣下去，就成了一条数十丈高的飞瀑；这就是方广寺的瀑布与石梁的简单的说明。

上方广寺，在瀑布之上；中方广寺，在瀑布与石梁之旁，登中方广寺的昙花亭，可以俯视石梁，俯视石梁下的数十丈的飞瀑；下方广寺，在瀑布下的溪流的南面，从中方广寺渡石梁，经下方广寺走下去里把来路，立在瀑布下流的溪旁，向上一看，果然是名不虚传的一个奇景，一幅有声有色的小李将军的浓绿山水画。第一，脚下就是一条清溪；溪上半里路远的地方悬着那一条看上去似乎有万把丈高的飞瀑；离瀑

达夫游记

布五六尺高的空中，忽有一条很厚实很伟大的天然石梁，架在水上，两头是连接在石岩之上的；这瀑布与石梁的上面，远远还看得见几条溪流，一簇远山，与半角的天光；在瀑布石梁及溪流的两旁，尽是些青青的竹，红绿的树，以及黄的墙头。可惜在飞瀑上树林里撑出在那的一只中方广寺昙花亭的飞角，还欠玲珑还欠缥缈一点；若再把这亭的挑角造一造过，另外加上一些合这景致的朱黄涂漆，那这一幅画，真可以说是天下无双了。

我们在中方广寺吃了午饭后，还绕了八九里路的道去看了叫作"铜壶滴漏"的一个围抱在大石圈中状似大瓮的瀑布；顺路下去，又看了水珠帘，龙游枧。从铜壶滴漏起，本可以一直向西向南，上万年寺，上桃源洞去的；但一则因天已垂垂欲暮了，二则我们的预算在天台所费的三日工夫，恐怕不够去桃源学刘阮的登仙，所以毅然决然，把万年寺、桃源洞等舍去，从一小道，涉溪攀岭，直上了天台山的最高峰，向华顶寺去借了一夜宿。

二十五日（九月十八），星期四，晴和。

昨夜在寒风与雾雨里，从后山爬上了华顶。华顶寺虽说是在晋天福元年僧德韶所建，但智者禅师亦尝宴坐于此，故离寺三里路高的极顶那座拜经台，仍系智者大师的故迹。据说，天晴的时候，在拜经台上，东看得见海，西南看得见福建界的高山，西北看得见杭州与大盆山脉；总之此地是天台山的极顶，是"醉李白"所说的高四万八千丈的最高峰；在此地看日出，和在泰山的观日峰，劳山的劳顶，黄山的最高处看日出一样，是天下的奇观。我们人虽则小，心倒也很雄大，在前一晚就和寺僧们说："明天天倘使晴，请于三点钟来叫醒我们，好去拜经台看一看日出。"

到了午前的三点，寺里的一位小工人，果然来敲房门了。躺在厚棉被里尚觉得冷彻骨髓的这一个时候，真有点怕走出床来；但已有成约在先，自然也不好后悔，所以只能硬着头皮，打着寒噤从煤油灯影里，爬起了身。洗了手面，喝了一斤热酒，更饱吃了一碗面，身上还是不热。问那位小工人，日出果然是看得见的么？他也依违两可，说："现在还有点雾，若雾收得起，太阳自然是看得见的。"说着也早把华顶禅寺的灯笼点上了，我们没法，就只好懒懒地跟他走出门去。一阵阵的冷风，一块块浓雾，尽从黑暗里扑上我们的身来；灯笼上映出了一个雾圈，道旁的树影，黑黝黝地呈着些奇形怪状，像是地狱里的恶鬼，忽而一阵大风，将云层雾障吹开一线，下弦的残月，就在树梢上露出半张脸来，我们的周围也就灰白白地亮一亮，一霎时雾又来了。月亮又不见了，很厚很厚像有实体似的黑暗粘雾之中，又只听见了我们三人的脚步声和手杖着地的声音；寒冷，岑寂，恐怖，奇异的空气，紧紧包围在我们的四周，弄得我们说话都有点儿怕说。路的两旁满长着些矮矮的娑罗树，比人略高一点，寒风过处，树枝树叶尽在息列索落的作怪响；自华顶寺到拜经台的三里路，真走出了我们的冷汗，因为热汗是出不出的，一阵风来穿过胴体，衣服身体，都像是不存在的样子。

到拜经台的厚石墙下，打开了茅篷的门，我们只在蜡烛光和煤油灯光的底下坐着发抖，等太阳的出来。很消沉很幽静的做早功课的钟声梵唱声停后，天也有点灰白色的发亮了，雾障仍是不开，物体仍旧辨认不大清楚，而看看怀中的表看，时候早已在六点之后；两人商量了一下，对那小工人又盘问了一回，知道今天的看日出，事归失败，只能自认晦气，立起身来就走。但拜经台后的一座降魔塔，拜经台前的两块"台山第一峰"与"智者大师拜经处"的石碑，以及前后左右的许多象城堡似的茅篷，和太白读书堂，墨池，龟池等，倒也看的，不过总抵不了这一个早起与这一番冒险的劳苦。

重回到寺里，吃了一次早餐，上轿下山，就又经过了数不清的一条条峻岭。过龙王堂，仍走原路向塔头寺去的中间，太阳开朗了起来，因而前面谷里的远景也显得特别的清丽，早晨所受的一肚皮委曲，也自然而然的淡薄了下去。至塔头寺南边下山，轿子到高明寺的时候，连明华朗润的山谷景色都不想再看了，因为自华顶下来，我们已经走尽了四十多里山路，大家的肚里都感着饿了，江山的秀色，究竟是不可以餐的。

高明寺亦系智者大师十二刹之一，唐天佑年间始建寺，传说大师的发见此地，因他在佛陇讲《净名经》，忽风吹经去，坠落此处，大师就觉此处是一绝好的寺基；其后寺或称"净名"，堂称翻经者，原因在此，而现名高明寺者，因寺依高明山之故，或者高明山的得名，正为了此寺，也说不定。

寺里的宝物，有一件智者禅师的袈裟和一口铜钵。但都是伪造的东西了；只有几叶《贝叶经》和《陀罗尼经》四卷倒是真的，我们不过不知道这两种经是那一朝的遗物而已。

在高明寺东北六七里地远的地方，有一处名胜，叫"螺溪钓艇"，是几块奇岩大石和溪水高山混合起来的景致，系天台八景之一；本来到了高明，这景是必须去看的，但我们因为早晨起来得太早；一顿饱饭吃后，疲倦又和阳光在一起，在催逼我们早些重回国清寺去休息，所以也就割弃了这幽深的"螺溪钓艇"，赶了回来。所谓天台八景者，是元曹文晦的创作，其他的七景是，赤城栖霞（赤城山），双涧回澜（国清寺前），华顶归云（华顶寺），断桥积雪（在"铜壶滴漏"近旁），琼台夜月（桐柏宫西北），桃源春晓（桃源岭下），寒岩夕照（天台县西，去大西乡平镇二十里）。还有前面曾经说起过的那位编《天台山方外志》的高僧传灯，也是高明寺里的和尚，倒不可不特别提起一声，因为寺后的一座无尽灯大师塔院和寺里的一处楞严坛，都是传灯的遗迹。

二十六日（九月十九），星期五，晴暖。

游天台刚两日，已颇有饱满之感；今日打算去自辟天地，照了志书地图，前去搜索桐柏宫附近的胜景。不坐轿，不用人做引导，上午八点，自国清寺门前，七如来塔并立处坐汽车到何方店。一路上看赤城山，颜色浓紫，轮廓不再像城，因日光在东，我们在阴面看去，所以与午后看时，又觉两样。

自何方店向北偏东经何方村而入山，要过好几次溪。面前的一排山嶂，山中间的一条瀑布，是我们的目的地，山是桐柏岭，西接琼台与司马悔山；瀑布是"桐柏瀑"，瀑身之广，在天台山各瀑布当中，应称为王，"石梁瀑"远不及它的大。可惜显露得很，数十里外在官道上，行人就能望见瀑身，因此却少有人注意。从前在瀑布附近，有瀑布寺，有福兴观，

达夫游记

现在都只剩了故址。《灵异考》载有"华亭王某，于三月三日江行，忽见舟中两道士招之，食以粟；旋命黄衣送上岸，乃在天台瀑布寺前，已九月九日矣。"足见从前的人，对此瀑布的幻想，亦同在桃源岭下差仿不多。

由何方店起，行十里，就到桐柏岭脚的瀑布旁边，再上山五里，由桐柏岭头落北向西、就是桐柏宫了。这一条桐柏岭，远看并不高，走起来可真有点费力。但一上岭头，两目总得疑神疑鬼的骇异起来；因为桐柏宫附近的桐柏乡，纵横将十里，尽是平畴，也有农村田稻溪流桥梁树林等的点缀，西北偏东的三面，依旧有高低的山峰围住；在喘着气爬上桐柏岭来的时候，谁想得到在这么高的山上，还有这一大平原的田园世界呢？又有谁想得到在这高原村落之上，更有比此更高的山峰围绕在那里的呢？

桐柏宫是一道观，西南静躺在桐柏乡正中的田野里。据说，这道观的由来，系因唐司马子微承祯隐居于此，故建（唐景云二年）。宋大中祥符元年，改桐柏崇道观，当时因宋帝酷信道教，所以在志书上的桐柏崇道观的记载，实在辉煌得了不得；明初毁于火，现在的道观，却是清雍正十三年奉敕所建，当时大约也规模宏大，有绝大之石磉石基等存在，雕刻精绝。现在可真坍败不堪，只有一块御碑尚巍然屹立在殿前败屋中。还有菜地里的一块宋乾道二年四月"尚书省牒白云昌寿观文书"碑，字迹也还看得清。道院西边，有清圣祠，供伯夷叔齐石像二座，系宋黄道士由京师辇至者，像尚完整，而司马子微之塑像，已经不在了。两庑有台郡名贤配享牌位，壁上游人题咏很多，这道观西面的一隅，却清幽得很。

我们在桐柏宫吃过中饭，就走上西面三里多地的山头，去看"琼台双阙"。路过五百大神祠，庙小得很，而乡下人都说是很有灵验的庙。

琼台的风景，实在是奇不过。一条半里路宽的万丈深坑曲折环绕，有五六里路至十里内外的长。两岸尽是峭壁，壁上杂生花草矮树，一个一个的小孔很多，因而壁的形状愈觉得奇古。立在岩头，向对面一望，像一幅米襄阳黄庭坚的大草书屏，向脚下一转眼，可了不得了，直削下去的黑黝黝的石壁，那里何止万丈，就说它千万丈万万丈，也不足以形容立在岩上者的战栗的心境。而这深坑底下，又是什么呢？是一条绿得来成蓝色的水，有两个潭，据说是无底的，还有所谓双阙的两枝石山呢，是从谷底拔地而起，像扬子江中的焦山似地挺立在潭之上，坑的中间，两阙相连，中间低落像马鞍，石山上也有草花松树及几枝红叶的柏树枫树，颜色配合的佳妙及峻险的样子，若在画上看见，保管你不能够相信，古来说双阙者，聚讼纷纭，有的说有仙人座的地方，两峰对峙，就是双阙；有的说，这深坑的外口，从谷底上望，两峰壁立，就是双阙。但这些无聊的名义，去管它作什么。我们在仙人座这面的岩头坐坐，更上一处象半岛似地向西突出在谷里的平面岩峰上爬爬，又惊异，又快活，又觉得舍不得走开，竟消磨了一个下午。循原路回到何方店，上车返国清寺的时候，赤城山上的日光，只剩得塔头的一点了。

预备在天台过的三天日期已完，但更幽更远的西乡明岩、寒岩，以及近在目前的赤城山，都还没有去过。晚上躺在床上，翻阅着徐霞客的游记及《天台山全志》里的王思任（季重）、王士性（恒叔）、潘耒（稼堂）等的《游天台山记》，与天台忍辱居士齐巨山周华的《台岳天台山游记》等，我与文伯在讨论商量，明天究竟还是坐车到雁荡去呢，还是再留一二日去游明岩、寒岩？雁荡也只打算住它三日，若在此地多留一日，则雁荡就须割去一日；徐霞客岂不是也有两度上天台两度游雁荡的记事的么？我们何不也学学他，留一个再来的后约呢！这是文伯的意见。他住在北平，来一趟颇不容易，我住在浙江，要来马上可以再来，既然他在那么的说，我自然是乐于赞同的了。于是就收拾行李等件，草草入睡，预备明天早晨再起一个大早，驱车上雁荡去。

一九三四年十一月三日

雁荡山的秋月

古人并称上天台、雁荡；而宋范成大序《桂海岩洞志》，亦以为天下同称的奇秀山峰，莫如池之九华，歙之黄山，括之仙都，温之雁荡，夔之巫峡。大约范成大，没有到过关中，故终南华山，不曾提及。我们南游三日，将天台东北部的高山飞瀑（西部寒岩明岩未去），略一飞游——并非坐了飞机去游，是开特快车游山之意——之后，急欲去雁荡，一赏鬼工镌雕的怪石奇岩，与夫龙湫大瀑，十月二十七日在天台国清寺门前上车，早晨还只有七点。

自天台去雁荡山所在的乐清县北，要经过临海，黄岩，温岭等县。到临海（旧章安城）的东南角巾山山下，还要渡过灵江，汽车方能南驶，现在公路局筑桥未竣，过渡要候午潮；所以我们到了临海之后，倒得了两三个钟头的空，去东湖拜了忠逸樵夫之祠，上巾山的双塔下，看了华胥洞，黄华丹井——巾山之得名，盖因黄华升仙，落帻于此——等古迹，到十二点钟左右，才乘潮渡过江去。临海的山容水貌，也很

达夫游记

秀丽，不过还不及富春江的高山大水，可以令人悠然忘去了人世。自临海到黄岩，要经过括苍山脉东头的一条大岭，岭头有一个仙人桥站；自后徐经仙人桥至大道地的三站中间，汽车尽在山上曲折旋绕，路线有点像昱岭关外与仙霞岭南的样子；据开车的司机说，这一条岭共有八十四弯，形势的险峻，也可想而知。

黄岩县城北，也有一条永江要渡，桥也尚未筑成；不过此处水深，不必候潮，所以车子一到，就渡了过去。县城的东北，江水的那边，三江口上，更有一枝亭山在俯瞰县城；半山中有一簇树，一个白墙头的庙，在阳光里吐气，想来总又是黄岩县的名胜了，遥望而过。黄岩一县内，多橘子树园；树并不高，而金黄的橘实，都结得累累欲坠，在返射斜阳；车驰过处，风味倒也异样，很像我年青的时候，在日本纪州各处旅行时的光景。

自黄岩经温岭到乐清县的离大荆城南五里路的地方，村名叫作水积（或名积水，不知是那二个字？），前临大海，海中有岛，后峙双旗冈峰，峰中也有叠嶂一排，在暗示着雁荡的奇峰怪石。游人到此，已经有点心痒难熬的样子了，因为隔一条溪，隔一重山，在夕阳下，早就看得出谢公岭外老僧送客之类的奇形怪状的石岩阴影；北来自大溪镇到此，约有三十余里的行程。

在雁荡第一重口外，再渡过那条自石门潭流下来的清溪，西驰七八里，过白溪，到响岭头，就是雁荡东外谷的口子，汽车路筑到此地为止，雁荡到了。

在口外下车，远望进去，只看见了几个巉岏的石峰尖。

太阳已经快下山了，我们是由东向西而入谷的，所以初走进去的时候，一眼并不看见什么。但走了半里多上灵岩寺去的石砌路后，渡过石桥，忽而一变，千千万万的奇异石壁，都同天上刚掉下去似的，直立在我们的四周；一条很大很大的溪水，穿在这些绝壁的中间，在向东缓流出来。壁来得太高太陡，天只剩下了狭狭的一条缝，日已下山，光线不似日间的充足。石壁的颜色，又都灰黑，壁缝里的树木，也生得屈曲有一种怪相；我们从东外谷走入内谷的七八里地路上，举头向前后左右望望，几乎被胁得连口都不敢开了。山谷的奇突，大与寻常习见的样子不同，教人不得不想起诗圣但丁的《神曲》，疑心我们已经跟了那位罗马诗人，入了别一个境界。

在龙王庙前折向了北去，头脑里对于一路上所见的峰嶂的名目，如猴披衣，蓼花嶂，响嵩门，霞嶂洞，听诗叟，双鲤峰之类，还没有整理得清楚，景色一变，眼前又呈出了一幅更清幽，更奇怪，更伟大的画本。原来这东内谷里的向北去灵岩寺谷里的一区，是雁荡的中心，也是雁荡山杰作里的顶点。初入是一条清溪，许多树木与竹林。再进，劈面就是一排很高很长，像罗马古迹似的展旗嶂，崛起在天边，直挂向地下，后方再高处又是一排屏霞嶂，这屏霞嶂前，左右环抱，尽是一枝一枝的千万丈高的大石柱，高可以不必说，面积之大周围也不知有多少里；而最奇的，是这些大柱的头和脚，大小是一样的，所以都是绝壁，都是圆柱。小龙湫瀑布，也就在灵岩寺西北的一大石峰上，从顶点直泻下来的奇景。灵岩寺，看过着很小很小，隐藏在这屏霞嶂脚，顶珠峰，展旗峰，石屏风（全在寺东）与天柱峰，双鸾峰，卷图峰，独

143

达夫游记

秀峰，卓笔峰（全在寺西）等的中间；地位的好，峰岩的多而且奇，只有永康方岩的五峰书院，可以与它比比；但方岩只是伟大了一点，紧凑却还不及这里。

灵岩寺的开辟，在宋太平兴国四年，僧行亮神昭为其始祖，后屡废屡兴；现在的寺，却是数年前，由护法者蒋叔南潘耀庭诸君所募建。蒋君今年夏季去世，潘君现任雁荡山风景区整理委员，住在寺中；当家僧名成圆，亦由蒋潘诸君自宁波去迎来者，人很能干，具有实际办事的手腕。

在灵岩寺的西楼住下之后，天已经黑了。先去请教也住在寺中，率领黄岩中学学生来雁荡旅行的两位先生，问我们在雁荡，将如何的游法？因为他们已在灵岩寺住了三日，打算于明晨出发回黄岩去了。饭后又去请了潘委员来，打听了一番雁荡山大概的情形。

雁荡山的总括，可以约略的先在此地说一说：第一，山在乐清县东北九十里，系亘立东西的一排连山，东起石门潭，西迄白岩六十里；北自甸岭，南至斤竹涧口四十里；自东向西，历来分成东外谷，东内谷，西内谷，西外谷的四部，以马鞍岭为界而分东西。全山周围，合外境有四百二十里。雁山北部，更有南阁谷，北阁谷二区，以溪分界；南阁南至石柱北至北屏山二里，东至马屿，西至会仙峰十六里；北阁村南北二里，东西五里，西北极甸岭山，为雁荡北址。

雁山开山者相传为晋诺讵那尊者，凡百有二峰，六十一岩，四十六洞，十八刹，十六亭，十七潭，十三瀑。入游之路线，有四条。（一）东路从白溪经响岭头自东南入谷，就是我们所经之路线。（二）北路由大荆越谢公岭自东北入谷至岭峰。（三）南路由小芙蓉经四十九盘岭自南入谷至能仁寺，从乐清来者率由此。（四）西路从大芙蓉自西南经本觉寺至梅雨潭。

峰之最高者为百冈尖，高一万一千五百公尺，雁湖在西外谷连霄岭上，高九千公尺。

这雁荡山的梗概，是根据潘委员的口述，和《广雁荡山志》及《雁山全图》而摘录下来的；我们因为走马游山，前后只有三日工夫好费，还要包括出发和到着的日期在内，所以许多风景，都只能割爱；晚上就和潘委员在灯下拟定明日只看西石梁的大瀑布，大龙湫瀑，梅雨潭，回至能仁寺午餐。略游斤竹涧就回灵岩寺宿；出发之日（即第三日），午前一游净名寺，至灵峰略看看观音洞北斗洞等，就出向头岭由原路出发回去。北部的绝景，中央的百冈尖当然是不能够去，就如显胜门，龙溜等处，一则因无时间，二则因无大路无宿处，也只能等下次再来了。这样拟定了游程之后，预期着明天的一天劳顿，我们就老早的爬上了床去。

约莫是午前的三四点钟，正梦见了许多岩壁，在四面移走拢来，几乎要把我的渺渺五尺之躯，压成粉碎的时候，忽而耳边一阵喇叭声，一阵嘈杂声起来了。先以为是山寺里起了火，急起披衣，踏上了西楼后面的露台去一看；既不见火，又不见人，周围上下，只是同海水似的月光，月光下又只是同神话中的巨人似的石壁，天色苍苍，只余一线，四围岑寂，远远地也听得见些断续的人声。奇异，神秘，幽寂，诡怪，当时的那一种感觉，我真不知道要用些什么字来才形容得出！起初我以为还在连续着做梦，这些月光，这些山影，仍旧是梦里的畸形；但摸摸石栏，看看那枝谁也要被它威胁压倒的天柱石峰与峰头的一片残月，觉得又太明晰，太正确，绝不像似梦里的神情。呆立了一会，对这雁荡山中的秋月顶礼了十来分钟，又是一阵喇叭声，一阵整队出发报名数的号令声传过来了，到此我才明白，原来我并不是在做梦，是那一批黄岩中学的学生要出发赶上大溪去坐轮船去了！这一批学生的叫唤，这一批青年的大胆行为，既救了我梦里的危急，又指示给我了这一幅清极奇极的雁山夜月的好画图，我的心里，竟莫名其妙的感激起来了，跑下楼去，就对他们的两位临走的教师热烈地热烈地握了一回手；送他们出了寺门以后，我并且还在月光下立着，目送他们一个个小影子渐渐地被月光岩壁吞没了下去。

雁荡山中的秋月！天柱峰头的月亮！我想就是今天明天，一处也不游，便尔回去，也尽可以交代得过去，说一声"不虚此行"了，另外还更希望什么呢？所以等那些学生们走后，我竟像疯子一样一个人在后面楼外的露台上呆对着月光峰影，坐到了天明，坐到了日出，这一天正是旧历九月二十的晚上廿一的清晨。

等同去的文伯，及偶然在路上遇着成一伙的奥伦斯登，科伯尔厂经理毕士敦 Mr.H.H.Bernstein 与戴君起来，一齐上轿，到大龙湫的时候，太阳已经升得很高，似在巳午之间了。一路上经下灵岩村，三官殿，上灵岩村，过马鞍岭。在左右手看了些五指峰、纱帽峰、老鼠峰、猫峰、观音峰、莲台嶂、祥云峰、小剪刀峰之类，形状都很像，峰头都很奇；但因为太多了，到后来几乎想向在说明的轿夫讨饶，请他不要再说，怕看得太多，眼睛里脑里要起消化不良之症。

大龙湫的瀑布，在江南瀑布当中真可以称霸，因为石壁的高，瀑身的大，潭影的清而且深，实在是江浙皖几省的瀑布中所少有的。我们到雁荡之先，已经是旱得很久了。故而一条瀑布，直喷下来，在上面就成了点点的珠玉。一幅真珠帘，自上至地，有三四千丈高，百余尺阔；岩头系突出的，帘后可以通人，立在与日光斜射之处，无论何时，都看得出一条虹影。凉风的飒爽，潭水的清澄，和四围山岭的重叠，是当然的事情了，在大龙湫瀑布近旁，这些点景的余文，都似乎丧失了它们的价值，瀑布近旁的摩崖石刻，很多很多，然而无一语，能写得出这大龙湫的真景。《广雁荡山志》上，虽则也载了不少的诗词歌赋，来咏叹此景，但是身到了此间，那里还看得起这些秀才的文章呢？至于画画，我想也一定不能把它的全神传写出来的，因为画纸决没有这么长，而溅珠也决没有这样的匀而且细。

出大龙湫，经瑞鹿峰、剪刀峰（侧看是一帆峰）下，沿大锦溪过华严岭罗汉寺前，能在石壁的半空中看得出一座石刻的罗汉像。斧凿的工巧有艺术味，就是由我这不懂雕刻的野人看来，也觉得佩服之至。从此经竹林，过一条很高很长的东岭，遥望着芙蓉峰，观音岩等（雁湖的一峰是在东岭岭上可以看见的）。绕骆驼洞下面至西石梁的大瀑布。

西石梁是一块因风化而中空下坠的大石梁，下有一个老尼在住的庵，西面就是大瀑布。这瀑布的高大，与大龙湫瀑布等，但不同之处，是在它的自成一景，在石壁中流。一块数千丈的石壁，经过了几千万年的冲击，中间成了一个圆形

达夫游记

大柱式的空洞，两面围抱突出，中间是一数丈宽数千丈高的圆洞，瀑布就从上面沿壁在这空圆洞里直泻下来。下面的潭，四壁的石，和草树清溪，都同大龙湫差仿不多。但西面连山，雁荡山的西尽头，差不多就快到了，而这瀑布之上，山顶平处，却又是一大村落；山上复有山，世外是桃源的情景，正和天台山的桐柏乡，曲异而工同。

从西石梁瀑布顺原路回来，路上又去看了梅雨潭及潭前的一座含珠峰，仍过东岭，到了自芙蓉南来经四十九盘岭可到的能仁寺里。

这能仁寺在西内谷丹芳岭下，系宋咸平二年僧全了所建。本来是雁荡山中的最大的丛林，有一宋时的大铁锅在可以作证，现在却萧条之至，大殿禅房，还都在准备建筑中。寺前有燕尾瀑，顺溪南流，成斤竹涧，绕四十九盘岭，可至小芙蓉；这一路路上风景的清幽绝俗，当为雁山全景之冠，可惜我们没有时间，只领略了一个大概，就赶回了灵岩寺来宿。

这一天的傍晚，本拟上寺右的天窗洞，寺左的龙鼻水去拜观灵岩寺的二奇的，但因白天跑了一天，太辛苦了，大家不想再动。我并且还忘不了今晨似的山中的残月，提议明朝也于三时起床，踏月东下，先去看了灵峰近旁的洞石，然后去响头岭就行出发，所以老早就吃了夜饭，老早就上了床。

然而胜地不常，盛筵难再，第二日早晨，虽则大家也忍着寒、抛着睡，于午前三点起了身，可是淡云蔽月，光线不明；我们真如在梦里似地走了七八里路，月亮才兹露面。而玩月光玩得不久，走到灵峰谷外朝阳洞下的时候，太阳却早已出了海，将月光的世界散文化了。

不过在残月下，晨曦里的灵峰山景，也着实可观，着实不错；比起灵岩的紧凑来，只稍稍觉得疏散一点而已。

灵峰寺是在东谷口内向北两三里地的地方，东越谢公岭可达大荆。近旁有五老峰，斗鸡峰，幞头峰，灵芝峰，犀角峰，果盒岩，船岩，观音洞，北斗洞，苦竹洞，将军洞，长春洞，响板洞诸名胜，顺鸣玉溪北上，三里可达真际寺。寺为宋天圣元年僧文吉所建，本在灵峰峰下，不知几百年前，这峰因风化倒了，寺屋尽毁。现在在这到灵峰下的一块隙地上，方在构木新筑灵峰寺。我们先在果盒岩的溪亭上坐了一会，就攀援上去，到观音洞去吃早餐。

两岩侧向，中成一洞，洞高二三百丈；最上一层，人迹所不能到，但洞中生有大树一株，系数百年物，枝叶茂盛，从远处望来，了了可见。下一层是观音洞的选物场，洞中宽广，建有大殿，并五百应真的石刻。东面一水下滴成池，叫作洗心泉，旁有明刻宋刻的题名记事碑无数。自此处一层一层的下去，有四五层楼三四百石级的高度；洞的高广，在雁荡山当中，以此为最。最奇怪的，是在第三层右手壁上的一个石佛，人立右手洞底，向东南洞口远望出去，俨然是一座地藏菩萨的侧面形，但跑近前去一看，则什么也没有了，只一块突出的方石。上一层的右手壁上还有一个一指物，形状也极像，不过小得很。

看了灵岩灵峰近边的峰势，看了观音洞（亦名合掌洞）里的建筑及大龙湫等，我们以为雁荡的山峰岩洞溪瀑等，也已经大略可以想象得出了，所以旁的地方，也不想再去走，只到北斗洞去打了一个电话，叫汽车的司机早点预备，等我

达夫游记

们一出谷口，就好出发。

　　总之，雁荡本是海底的奇岩，出海年月，比黄山要新，所以峰岩峻削，还有一点锐气，如山东劳山的诸峰。今年春间，欲去黄山而未果，但看到了黄山前卫的齐云、白岳，觉得神气也有点和灵峰一带的山岩相像。在迎着太阳走出谷来，上汽车去的路上，我和文伯，更在坚订后约，打算于明年以两个月的工夫，去歙县游遍黄山，北下太平，上青阳南面的九华。然后出长江，息匡庐，溯江而上，经巫峡，下峨嵋，再东下沿汉水而西入关中，登太华以笑韩愈，入终南而学长生，此行若果，那么我们的志愿也毕，可以永永老死在蓬窗陋巷之中了。

一九三四年十一月九日

西游日录

一九三四年（甲戌），三月二十八日（旧二月十四），星期三，大雨，寒冷如残冬。

晨四时，乱梦为雨声催醒，不复成寐；起来读歙县黄秋宜少尉《黄山纪游》一卷，系前申报馆仿宋聚珍版之铅印本，为《屑玉丛谈》二集中之一种。这游记，共二十五页，记自咸丰九年己未八月二十八日从潭渡出发去黄山，至同年九月十一日重返潭渡间事。文笔虽不甚美，但黄山的伟大，与夫攀涉之不易，及日出，云升，松虬，石壁，山洞，绝涧，飞瀑，温泉诸奇景，大抵记载详尽。若去黄山，亦可作导游录看，故而收在行箧中。

昨日得上海信，知此次同去黄山游者，还有四五位朋友，膳宿旅费，由建设厅负担，沿路陪伴者，由公路局派往，奉宪游山，虽难免不赊——山灵忽地开言道："小的青山见老爷！"——之讥，然而路远山深，像我等不要之人无产之众，要想作一度壮游，也颇非易事。更何况脚力不健，体力不佳，

达夫游记

无徐霞客之胆量，无阮步兵之猖狂，若语堂、光旦等辈，则尤非借一点官力不行了。

午后四时，大雨中，忽来了一张建设厅的请帖，和秋原、增嘏、语堂等到杭，现住西湖饭店的短简。冒雨前去，在西湖饭店楼下先见了一群文绉绉的同时出发之游览者及许多熟人；全、叶、潘、林，却雅兴勃发，已上西泠印社，去赏玩山色空濛的淡妆西子了。伫候片时，和这个那个谈谈天气与旧游之地，约莫到了五点，四位金刚，方才返寓。乱说了一阵，并无原因地哄笑了几次，我们就决定先去喫私菜，然后再去陪官宴。吃私菜处，是寰宇驰名的王饭儿，官宴在湖滨中行别业的大厅上。

私菜喫完，赶至湖滨，中行别业的大厅上，灯烛辉煌，摆满了五六桌热气蒸腾的菜。在全堂哄笑大嚼的乱噪声中，又决定四十余人，分五路出发；一路去南京芜湖，一路去天台雁荡，一路去绍兴宁波，一路去杭江沿线，一路去徽州，直至黄山。语堂、增嘏、光旦、秋原，《申报》馆的徐天章与《时事新报》馆的吴宝基两先生，以及小子，是去黄山者，同去的为公路局的总稽查金箴甫先生。

游临安县玲珑山及钱王墓

三月二十九日，星期四，晴。

昨晚雨中夹雪，喝得醉醺醺回来的路上，心里颇有点儿犹豫；私下在打算，若明天雨雪不止者，则一定临发脱逃，做一次旅行队里的 Renegade，好在不是被招募去的新兵，罪名总没有的。今天五六点钟，探头向窗帷缺处一望，天色竟青苍苍的晴了，不得已只好打着呵欠，连忙起来梳洗更衣，料理行箧，赶到湖滨，正及八点，一群奉宪游山者，早已手忙脚乱，立在马路边上候车子来被搬去了。我们的车子，出武林门，过保俶塔，向秦亭山脚朝西驶去的时候，太阳还刚才射到了老和山的那一座黄色的墙头。

宿雨初晴，公路明洁，两旁人行道上，头戴着银花，手提着香篮的许多乡下的善男信女，一个个都笑嘻嘻的在尘灰里对我们呆着，于是乎就有了我们这一批游山老爷的议论。

"中国的老百姓真可爱呀！"是语堂的感叹。

"春秋二季是香市，是她们的唯一的娱乐。也可以借此去游山玩水，也可以借此去散发性欲，Pilgrimage 之为用，真大矣哉！"是精神分析学者光旦的解释。

"她们一次烧香，实在也真不容易。恐怕现在在实行的这计划，说不定是去年年底下就定下了，私私地在积些钱下来。直到如今，几个月中间果然也没有什么特别事故发生，她们一面感谢着菩萨的灵佑，一面就这的不远千里而步行着来烧香了。"这又是语堂的 Dichtung。

增嘏、秋原大约是坐在前面的头等座位里，故而没有参加入车中的讨论。一路上的谈话，若要这样的笔录下来，起码有两三部 Canterbury Tales 的分量，然而时非中世，我亦非英文文学之祖，姑从割爱，等到另有机会时再写也还不迟。

车到临安之先，在一处山腰水畔，看见了几家竹篱茅舍的人家，山前山后，茶叶一段段的在太阳光里吐气。门前桃树一株，开得热闹如云，比之所罗门的荣华，当然只有过之。

达夫游记

骚——这字音虽不雅，但义却含两面——兴—动，我就在日记簿上写下了两行曲鳝似的字：

> 泥壁茅蓬四五家，山茶初茁两三芽，
> 天晴男女忙农去，闲杀门前一树花。

这一种乡村春日的自在风光，一路上不知见了多少。可惜没有史梧冈那么的散记笔法，能替他们传神写照，点画出来，以飨终年不出都市的许多大布尔先生。

临安县在余杭之西，去杭州约百余里，是钱武肃王的故里；至今武肃王墓对面的那支大功山上，还有一座纪念钱氏的功臣塔建立在那里。依路局规定的路线，则西来第一处登山，当在临安县西十里地的玲珑山。午前十点左右，车到了临安站，先教站中预备午饭，我们就又开车，到玲珑站下来步行。在田塍路上，溪水边头，约莫走了两三里地的软泥松路，才到了玲珑山口。

玲珑山的得名，依县志所载，则因它"两峰屹峙，盘空而上，故曰玲珑"。实在则这山的妙处，是在有石有泉，而又有苏、黄、佛印的游踪，与夫禅妓琴操的一墓。你试想想，既有山，复有水，又有美人，又有名士，在这里中国的胜景的条件，岂不是样样齐备了么？玲珑山的所以比径山、九仙山更出名，更有人来玩的原因，我想总也不外乎此。还有一件，此山离县治不远，登山亦无不便，而历代的临安仕宦乡绅，又乐为此经营点缀，所以临安虽只一瘦瘠的小县，而此山的规模气概，也可以与通都大邑的名山相并。地之传与不传，原也有幸不幸的气数存在其间。

入山行一二里，地势渐高。山径曲折，系沿着两峰之间的一条溪泉而上。一边是清溪，一边是绝壁。壁岩峻处，半山间有"玲珑胜境"的四大字刻在那里。再上是东坡的"醉眠石"，"九折岩"。三休亭的遗址，大约也在这半山之中。壁上的摩崖石刻，不计其数。可惜这山都是沙石岩，风化得厉害，石刻的大半，都已经辨认不清了。最妙的是苏东坡的那块"醉眠石"，在山溪的西旁，石壁下的路东，长长的一块方石，横躺下去，也尽可以容得一人的身长，真像是一张石做的沙发。东坡的究竟有没有在此石上醉眠过，且不去管它，但石上的三字，与离此石不远的岩壁上的"九折岩"三字，以及"何年僵立两苍龙"的那一首律诗，相传都是东坡的手笔；我非考古金石家，私自想想这些古迹还是貌虎认它作真的好，假冒风雅比之烧琴煮鹤，究竟要有趣一点。还有"醉眠石"的东首，也有一块山石，横立溪旁，上镌"琴声"两篆字，想系因流水淙淙有琴韵，与"琴操墓"就在上面的双关佳作，因为不忍埋没这作者的苦心，故而在此提起一句。

沿溪摸壁，再上五六十步，过合涧泉，至山顶下平坦处，有一路南绕出西面一枝峰下。顺道南去，到一处突出平坦之区，大约是收春亭的旧址。坐此处而南望，远近的山峰田野，尽在指顾之间，平地一方，可容三四百人。平地北面，当山峰削落处，还留剩一石龛，下复古石刻像三尊，相传为东坡、佛印、山谷三人遗像，明褚栋所说的因梦得像，因像建碑的处所，大约也就在这里，而明黄鼎象所记的剩借亭的遗址，总也是在这一块地方了，俗以此地为三休亭，更讹为三贤祠，皆系误会者无疑。

在石龛下眺望了半天，仍遵原路向北向东，过一处菜地里的碑亭，就到了玲珑山寺里去休息。小坐一会，喝了一碗茶，更随老僧出至东面峰头，过钟楼后，便到了琴操的墓下。一抔荒土，一块粗碑，上面只刻着"琴操墓"的三个大字，翻阅新旧《临安县志》，都不见琴操的事迹，但云墓在寺东而已，只有冯梦祯的《琴操墓》诗一首：

　　　弦索无声湿露华，白云深处冷袈裟，
　　　三泉金骨知何地，一夜西风扫落花。

抄在这里，聊以遮遮《临安县志》编者之羞。

同游者潘光旦氏，是冯小青的研求者，林语堂氏是《桃花扇》里的李香君的热爱狂者，大家到了琴操墓下，就齐动公愤，说《临安县志》编者的毫无见识。语堂且更捏了一本《野叟曝言》，慷慨陈词地说：

"光旦，你去修冯小青的墓吧，我立意要去修李香君的坟，这琴操的墓，只好让你们来修了。"

说到后来，眼睛就盯住了我们，所谓你们者，是在指我们的意思。因这一段废话，我倒又写下了四句狗屁：

　　　山既玲珑水亦清，东坡曾此访云英，
　　　如何八卷《临安志》，不记琴操一段情。

东坡到临安来访琴操事，曾见于菜地里的那一块碑文之上，而毛子晋编的《东坡笔记》里（梁廷枏编之《东坡事类》中所记亦同），也有一段记琴操的事情说：

"苏子瞻守杭日，有妓名琴操，颇通佛书，解言辞，子瞻喜之。一日游西湖，戏语琴操曰：'我作长老，汝试参禅！'琴操敬诺。子瞻问曰：'何谓湖中景？'对曰：'落霞与孤鹜齐飞，秋水共长天一色。''何谓景中人？'对曰：'裙拖六幅湘江水，鬓挽巫山一段云。''何谓人中意？'对曰：'随他杨学士，鳖杀鲍参军。''如此究竟何如？'琴操不答，子瞻拍案曰：'门前冷落车马稀，老大嫁作商人妇。'琴操言下大悟，遂削发为尼。"

这一段有名的东坡轶事，若不是当时好奇者之伪造，则关于琴操，合之前录的冯诗，当有两个假设好定，即一，琴操或系临安人，二，琴操为尼，或在临安的这玲珑山附近的庵中。

我们这一群色情狂者还在琴操墓前争论得好久，才下山来。再在玲珑站上车，东驶回去，上临安去吃完午饭，已经将近二点钟了；饭后并且还上县城东首的安国山（俗称太庙山）下，去瞻仰了一回钱武肃王的陵墓。

武肃王的丰功伟烈，载在史册；除吴越备史之外，就是新旧《临安县志》，《杭州府志》等，记钱氏功业因缘的文字，也要占去大半；我在此地本可以不必再写，但有二三琐事，系出自我之猜度者，顺便记它一记，或者也可以供一般研究史实者的考订。

达夫游记

钱武肃王出身市井，性格严刻，自不待言，故唐僧贯休呈诗，有"一剑霜寒十四州"之句。及其衣锦还乡，大宴父老时，却又高歌着"斗牛无孛兮民无欺"等语；酒酣耳热，王又自唱吴歌娱父老曰："汝辈见侬的欢喜，吴人与我别是一般滋味，子长在我心子里。"则他的横征暴敛，专制刻毒，大旨也还为的是百姓，并无将公帑存入私囊去的倾向。到了他的末代忠懿王钱宏俶，还能薄取于民，使民垦荒田，勿收其税，或请科赋者，杖之国门，也难怪得浙江民众要怀念及他，造保俶塔以资纪念了。还有一件事实，武肃王妃，每岁春必归临安，王遗妃书曰："陌上花开，可缓缓归矣。"吴人至用其语为歌。我意此书，必系王之书记新城罗隐秀才的手笔，因为语气温文，的是诗人出口语也。

自钱王墓下回来，又坐车至藻溪。换坐轿子，向北行四十里而至西天目。因天已晚了，就在西天目山下的禅源寺内宿。

游西天目

三月三十日，星期五，阴晴。

西天目山，属于潜县。昨天在地名藻溪的那个小站下车，坐轿向北行三四十里，中途曾过一教口岭，高峻可一二十丈。过教口岭后，四面的样子就不同了。岭外是小山荒田的世界，落寞不堪；岭内向北，天目高高，就在面前，路旁流水清沧，自然是天目山南麓流下来的双清溪涧，或合或离，时与路会，村落很多，田也肥润，桥梁路亭之多，更不必说了。经过白鹤溪上的白鹤桥、月亮桥后，路只在一段一段的斜高上去。入大有村后，已上山路，天色阴阴，树林暗密，一到山门，在这夜阴与树影互竞的黑暗网里，远远听到了几声钟鼓梵唱的催眠暗示，一种畏怖，寂灭，皈依，出世的感觉，忽如雷电似的向脑门里袭来。宗教的神秘作用，奇迹的可能性，我们在这里便领略了一个饱满，一半原系时间已垂暮的关系，一半我想也因一天游旅倦了，筋骨气分，都已有点酥懒了的缘故。

西天目的开山始祖，是元嘉熙年生下来的吴江人高峰禅师。修行坐道处，为西峰之狮子岩头，到现在西天目还有一处名死关的修道处，就系高峰禅师当时榜门之号。禅师的骨塔，现在狮子峰下的狮子口里。自元历明，西天目的道场庙宇，全系建筑在半山的，这狮子峰附近一带的所谓狮子正宗禅寺者是。元以前，西天目山名不确见于经传，东坡行县，也不曾到此，谢太傅游山，屐痕也不曾印及。元明两代，寺屡废屡兴，直至清康熙年间，玉林国师始在现在的禅源寺基建高峰道场，实即元洪乔祖施田而建之双清庄遗址。

在阴森森的夜色里，轿子到了山门，下轿来一看，只看见一座规模浩大的八字黄墙，墙内墙外，木架横斜，这天目灵山的山门似正在动工修理，入门走一二里，地高一段，进天王殿；再高一段，入韦驮宝殿；又高一段，是有一块"行道"的匾额挂在那里的法堂。从此一段一段，高而再高，过大雄宝殿，穿方丈居室，曲折旋绕，凡走了十几分钟，才到了东面那间五开间的楼厅上名来青室的客堂里。窗明几净，灯亮房深，陈设器具，却像是上海滩上的头号旅馆，只少了几盏电灯,和卖唱卖身的几个优婆夷耳。

正是旧历的二月半晚上,一餐很舒适的素菜夜饭吃后,云破月来,回廊上看得出寺前寺后的许多青峰黑影,及一条怪石很多的曲折的山溪。溪声铿锵,月色模糊,刚读完了第二十八回《野叟曝言》的语堂大师,含着雪茄,上回廊去背手一望,回到炉边,就大叫了起来说:

"这真是绝好的 Dichtung!"

可惜山腰雪满,外面的空气尖冷,我们对了这一个清虚夜境,只能割爱;吃了些从天王殿的摊贩处买来的花生米和具有异味的土老酒后,几个 Dichter 也只好抱着委屈各自上床去做梦了。

侵晨七点,诗人们的梦就为山鸟的清唱所打破,大家起来梳洗早餐后,便预备着坐轿上山去游山。语堂受了一点寒,不愿行动,只想在禅源寺的僧榻上卧读《野叟曝言》,所以不去。

山路崎岖陡削,本是意计中事;但这西天目山的路,实在也太逼侧了;因为一面是千回百折的清溪,一面是奇岩矗立的石壁,两边都开凿不出路来,故而这条由细石巨岩迭成的羊肠曲径,只能从树梢头绕,山嘴里穿。我们觉得坐在轿子里,有三条性命的危险,所以硬叫轿夫放下轿来,还是学着诗人的行径,缓步微吟,慢慢儿的踏上山去。不过这微吟,到后来终于变了急喘,说出来倒有点儿不好意思。

扶壁沿溪提脚弯腰的上去,过五里亭,七里亭。山爬得愈高,树来得更密更大,岩也显得愈高愈奇,而气候尤变得十分的冷。西天目山产得最多的柳杉树的干上针叶上,还留有着点点的积雪，岩石上尽是些水晶样的冰条。尤其是狮子峰下，将到狮子口高峰禅师塔院快的路上，有一块倒覆的大岩石，横广约有二三十丈，在这岩上倒挂在那里的一排冰柱，真是天下的奇观。

到了狮子口去休息了数刻钟，从那茅蓬的小窗里向南望了一下，我们方才有了爬山的自信。这狮子口虽则还在半山，到西天目的绝顶"天下奇观"的天柱峰头，虽则还有十几里路，但从狮子口向南一望，已经是缥缈凌空，巨岩小阜，烟树，云溪，都在脚下；翠微岩华石峰旭日峰下的那一座禅源大禅寺，只像是画里的几点小小的山斋，不知不觉，我们早已经置身在千丈来高的地域了。山茶清酽，山气沍寒，山僧的谈吐，更加是幽闲别致，到了这狮子口里，展拜展拜高峰禅师的坟墓，翻阅翻阅西天目祖山志上的形胜与艺文，这里那里的指点指点，与志上的全图对证对证，我们都已经有点儿乐而忘返，想学学这天目山传说中最古的那位昭明太子的父亲，预备着把身体舍给了空门。

说起了昭明太子，我却把这天目山中最古的传说忘了，现在正好在这里补叙一下。原来天目山的得名，照万历《临安县旧志》之所说，是在"县西北五十里。即浮玉山，大藏经谓为宇内三十四洞天，名太微元盖之天。《太平寰宇记》曰：水缘山曲折，东西巨源若两目，故曰天目。西目属于潜，东目属临安。梁昭明太子，以葬母丁贵嫔，被宫监鲍邈之谮，不能自明，遂惭愤不见帝（武帝），来临安东天目山禅修，取汉及六朝文字遴之，为《文选》二十卷，取《金刚经》，分为三十二节，心血以枯，双目俱瞽。禅师志公，导

达夫游记

取石池水洗之，一目明；复于西天目山，取池水以洗之，双目皆明。不数年，帝遣人来迎；兵马候于天目山之麓，因建寺为等慈院。"

这一段传说，实在是很有诗意的一篇宫闱小说；大约因为它太有诗意了罢，所以《临安志》、《于潜志》，都详载此事，借做装饰。结果弄得东天目有洗眼池，昭明寺，太子殿，分经台，西天目也同样的有洗眼池，昭明寺，太子殿，分经台。文人活在世上，文章往往不值半分钱，大抵饥饿以死。到了肉化成炭，骨变成灰的时候，却大家都要来攀龙附凤，争夺起来了，这岂真是文学的永久性的效力么？分析起来，我想唯物的原因，总也是不少的。因为文人活着，是一样的要吃饭穿衣生儿子的，到得死了几百年之后，则物的供给，当然是可以不要。提一提起某曾住此，某曾到此，活人倒可以吸引游客，占几文光；和尚道士，更可以借此去募化骗钱，造起庄严灿烂的寺观宝刹来，这若不是唯物的原因又是什么？

从狮子口出来，看了千丈岩，狮子岩，缘山径向东，过树底下有一泓水在的洗钵池，更绕过所谓"树王"的那一棵有十五六抱大的大杉树，行一二里路，就到了更上一层的开山老殿。这自狮子口至开山殿的山腰上的一段路都平坦，老树奇石多极，宽平广大的空基也一块一块的不知有多少，前面说过的西天目古代的寺院，一定是在这一带地方的无疑，开山老殿或者就是狮子正宗禅寺，也说不定。开山殿后轩，挂在那里的一块徐世昌写的"大树堂"大字匾额，想系指"树王"而说的了。实际上，这儿的大树很多，也并不能算得唯一的希奇景致，西天目的绝景，却在离开山老殿不远，向南突出去的两支岩鼻上头。从这两支岩鼻上看下去的山谷全景，才是西天目的唯一大观；语堂大师到了西天目，而不到此地来一赏附近的山谷全景，与陡削直立的峭壁奇岩，才叫是天下的大错，才叫是 Dichtung 反灭了 Wahrheit！

岩鼻的一支，是从开山殿前稍下向南，凭空拖出约有一里地长的独立奇峰，即和尚们所说的"倒挂莲花"的那一块地方。所谓"倒挂莲花"者，系一簇百丈来高的岩石，凌空直立在那里，看起来像一朵莲花。这莲花的背后，更有一条绝壁，约有二百丈高，和莲花的一瓣相对峙，立在壁下向上看出去，只有一线二三尺宽的天，白茫茫的照在上面。莲花石旁，离开几尺的地方，又有一座石台，上面平坦，建有一个八角的亭子。在这亭子的路东，奇岩一簇，也像是向天的佛手，兀立在深谷的高头。上这佛手指头，去向南一展望，则几百里路内的溪谷，人家，小山，田地，都看得清清楚楚；一条一条的谷，一缕一缕的溪，一陇一坞的田，拿一个譬喻来说，极像是一把倒垂的扇子；扇骨就是由西天目分下去的余脉，扇骨中间的白纸，就是介在两脉之间的溪谷与乡村，还有画在这扇子上面的名画，便是一幅菜花黄桃花红李花白山色树木一抹青青的极细巧的工笔画！

其他的一支岩鼻，就是有一个四面佛亭造在那里的一条绝壁，比"倒挂莲花"位置稍东一点，与"倒挂莲花"隔着一个万丈的深谷，遥遥相对。从四面佛亭向东向南看下去的风景，和在"倒挂莲花"所见到的略同。不过在这一个岩鼻上，可以向西向下看一看西天目山境内的全山和寺院，这也

达夫游记

是一点可取的地方。

从四面佛的岩鼻，走回来再向东略上，到半月池。再东去一里，是龙潭（或称龙池），是东关望夫石等地方了，我们因为肚子饿，脚力也有点不继，所以只到了半月池为止。

在开山殿里吃过午饭，慢慢走下山来，走了三五里路，从山腰里向东一折，居然到了四面佛绝壁下的一块平地的上面。这地方名东坞坪，禅源寺的始建者玉林（亦作琳）国师的塔院，就在这里，墓碣题为"三十一世玉琳琇法师之塔院"。

由东坞坪再向西向南的下山，到了五里亭，仍上来时的原路；回到昨晚的宿处禅源寺，已经是午后四点多钟了。重遇见了语堂，大家就都夸大几百倍地说上面风景的怎么好怎么好，不消说在 Wahrheit 上面又加了许许多多的 Dichtung，目的不外乎想使语堂发生点后悔，这又是人性恶的一个证明。但语堂也是一位大 Dichter，那里肯甘心示弱，于是乎他也有了他的迭希通。

晚上当然仍留禅源寺的客房里宿。

在西天目这禅源寺里花去了两夜和一天，总算也约略的把西天目的面貌看过了。但探胜穷幽，则完全还谈不上。不过袁中郎所说的飞泉，奇石，庵宇，云峰，大树，茶笋的天目六绝，我们也都已经尝到。只因雷雨不作，没有听到如婴啼似的雷声，却是一恨。光旦，增嘏辈亦是好胜者流，说："袁中郎总没有看到冰柱！"这话倒真也不错。

西天目禅源寺有田产极多，故而每年收入也不少；檀家的施舍，做水陆的收入，少算算一年中也有十余万元。全山的茅蓬，全寺的二三百僧侣，吃饭穿衣是当然不成问题的。至于寺内的组织和和尚的性欲问题等，大约是光旦的得意题目，我在此地，只好略去。

游东天目

三月三十一日，星期六，晴而不朗。

晨八时起床，早餐后，坐轿出禅源寺而东去；渡幡龙桥，涉朱头陀岭，过旭日峰而下至一谷，沿溪行，是发源于泥岭北坑的东关溪的支流。昨天自"倒挂莲花"看下来的扇中的一谷，就是这里的嘉德、前乡等地方，到了此地，我们的一批人马，已成了扇子画上的人物了。天目两山相距约三十余里，自西徂东，经六角岭（俗称），门岭等险峻石山，然后到东天目西麓的新溪。东山下有一个昭明庵在，下轿小息，看了一块古文选楼的匾额，和一座小小的太子塔，再上山，行十里，就可以看得见东天目昭明禅院的钟楼与分经台。

我们这一次来，系由藻溪下车，先至西天目而倒行上东天目的，若欲先上东天目去，则应在化龙站下车，北行三十里即达。总之，无论先东后西，或先西后东，若欲巡拜这两座名山，而作浙西之畅游者，那一个两山之间的大谷，与三条岭，数条溪，四五个村庄，必须经过。桃李松杉，间杂竹树；田地方方，流水绕之；三面高山，向南低落，南山隐隐，若臣仆之拱北宸，说到这一个东西两天目之间的乡村妙景，倒也着实有点儿可爱。

从昭明庵东上的那一条天目山脚，俗称老虎尾巴。到五

达夫游记

里亭而至一小山之脊。从此一里一亭，盘旋上去，经过拼虎石，碎玉坡而至螺蛳旋的路侧，就看得见东面白龙池下的那个东崖瀑布了。这瀑布悬两峰之间，老远看过去，还有数丈来高，瀑声隐隐若雷鸣，但可望而不可即，我们因限于日期，不能慢慢的去寻幽探险，所以对于这东崖瀑布，只在路上遥致了一个敬礼。

螺蛳旋走完，向一支山角拐过，就到了东天目山门外的西岭垂虹，实在是一幅画样的美景。行人到此，一见了这银河落九天似的飞瀑，瀑身左右的石壁，以及瀑流平处架在那里的桥亭——名垂虹桥亭——总要大吃一惊，以为在如此高高的高山中，哪里会有这样秀丽，清逸，缥缈的瀑布和建筑的呢？我们这一批难民似的游山者，到了瀑布潭边，就把饥饿也忘了，疲倦也丢了，文绉绉的诗人模样做作也脱了；蹲下去，跳过来，竟大家都成了顽皮的小孩，天生的蛮种，完全恢复了本来的面目。等到先到寺里的几位招呼我们的人出来，叫我们赶快去吃午饭的时候，我们才一步一回头地离开了那一条就在山门西面的悬崖瀑布。

离瀑布，过垂虹，拾级而登，在大树夹道的山门内径上走里把来路，再上一层，转一个弯，就到了昭明禅院的内殿。我们住的客堂，亦即方丈打坐偃息之房，是在寺的后面东首，系沿崖而筑的一间山楼。山房清洁高敞，红尘飞不到，云雾有时来，比之西天目，规模虽略小，然而因处地高，故而清静紧密，要胜一筹。东天目并且自己还有发电机，装有寺内专用的电灯，这一点却和普陀的那个大旅馆似的文昌阁有点相像。方丈德明，年轻貌慧，能经营而善交际，我们到后，陪吃饭，陪游山，谈吐之间，就显露出了他的尽可以做得这一区名山的方丈的才能。

查这昭明禅院的历史——见《东山志》——当然是因昭明太子而来。梁大同间，僧宝志——即志公——飞锡居之。元末毁，明洪武二十年重建，万历初又毁，清康熙年间，临安黄令倡缘新之。洪杨时，当然又毁灭了。后此的修者不明，若去一看现存的碑记，自然可以明白。寺的规模，虽然没有西天目禅源寺那么的宏大，然天王殿，韦驮阁，大雄宝殿，藏经阁等，无不应有尽有。可惜藏经阁上，并不藏经，是一座四壁金黄的千佛阁，乡下人称百子堂，在寺的西面。此外则僧寮不多，全山的茅蓬，仰食于总院者，也只有寥寥的几个，因以知此寺寺产定不如西天目的富而且广，不过檀越的施舍，善男信女的捐助，一年中也定有可观，否则装电灯，营修造的经费，将从何处得来呢？

吃过午饭，我们由方丈陪伴，就大家上了西面高处的分经台。台荒寺坏，现在只变了一个小小的茅蓬。分经台西侧，行五十余步，更有一个葛稚川的炼丹池，池上也有茅蓬一，修道僧一。到了分经台，大家的游兴似乎尽了，但我与金钱甫、吴宝基、徐成章三位先生，更发了痴性，一定想穷源探底，上一上这东天目的极顶。因为志书上说，西天目高三千五百丈，东天目高三千九百丈，一置身在东天目顶，就可以把浙江半省的山川形势，看得彻底零清，既然到了这十分之八的分经台上，那又谁肯舍此一篑之功呢！和方丈及同来的诸先生别去后，我们只带了一位寺里的工人作向导，斩荆披棘，渡石悬崖，在荒凉的草树丛中，泥沙道上，走了两

达夫游记

个钟头，方才走到了那一座东天目绝顶的大仙峰上。

据陪我们去的那一位工人说，仙峰绝顶，常有云雾罩着，一年中无几日清。数年前，山中树各大数围，直至山顶，故虎豹猴儿之属，都栖息其间。后为野火所焚，全山成焦土，从此后，虎豹绝迹，而林木亦绝。我们听了他的话，心里倒也有点儿害怕。因为火烧之后，大树虽只剩了许多枯干，直立在山头，但烧不尽的茅草，野竹之类，已长得有一人身高，虎豹之类，还尽可以藏身。爬过二仙峰后，地下尽是暗水，草丛中湿得像在溪边一样，工人说，这是上面龙潭里流出来的水，虽大旱亦不涸。爬得愈高，空气也愈稀薄，因之大家都急喘得厉害；到了仙缘石上，四面的景色一变，我们四人的兴致，于是更勃发了起来。

这仙缘石，是大仙峰龙潭下的一块数百丈宽广的大石。奇形怪状的岩壁洞窟，不计其数。仙缘石顶，正当那一座峭壁之下，就是龙潭。虽系石壁中小小的一方清水，但溢流出去，却能助成东西两瀑布的飞沫银涛，乡下人的要视此为神，原也不足怪了。并且《东山志》上，还记有昔人曾在此石上遇仙的故事，故而后人题诗，有将此石比作刘阮的天石的。但我们却既不见龙，又不遇仙，只在仙缘石东首的一块像狮子似的岩石上那株老松——这松树也真奇怪，大火时并未焚去——之下，坐了许多时候。山风清辣，山气沉寂，在这孤松下坐着息着，举目看看苍空斜日，和周围的万壑千岩，虽则不能仙去，各人的肚里，却也回肠荡气，有点儿飘飘然像喝醉了酒。

从仙缘石再上百余步，是大仙峰的绝顶了。东望钱塘，群山之下，有一线黄流，隐约返映在夕照之中。背后北面，是孝丰的境界，山色浓紫，山头时有人家似的白墙一串一串的在迷人眼目，却是未消尽的积雪。大仙峰顶，因为面南受阳光独多，所以雪早已融化了，且这一日风大，将蒸气吹散，故而也没有云雾。西望西天目山，只是黑沉沉的一片，远望过去，比大仙峰也并不低，因以知志书上所说的东天目比西天目高四百丈的话的不确。但上大仙峰来一看，群山的脉络，却看得很清，郭景纯所记的"天目山前两乳长，龙飞凤舞到钱塘，海门更点异峰起，五百年间出帝王"的这首诗谜，也约略有点儿解得通了。

大仙峰南面，有一个石刻的龙王像摆在乱石堆成的一小龛里，我们此来，原非为了求雨。但大约是因为难得再来的关系罢，各人于眺望之余，竟都恭恭敬敬的跪了下去，行了一个九拜之礼；临去时，并且还向龙王道了声珍重，约下了后会。

在下山来的中间，慢慢儿的走着谈着，又向南看看自东天目分下去的群峰，我却私私地想好了几句打油腔，预备一回到杭州，就可以去缴卷消差：

二月春寒雪满山，高峰遥望皖东关，
西来两宿禅源寺，为恋林间水一湾。

这是宿西天目禅源寺的诗。

武帝情深太子贤，分经台上望诸天，

达夫游记

自从兵马迎归后，寂寞人间几百年。

这是今天上分经台的诗。

仙峰绝顶望钱塘，凤舞龙飞两乳长，

好是夕阳金粉里，众山浓紫大江黄。

这是登大仙峰顶望钱塘江的诗。

晚上在昭明禅院的客堂里，翻阅了半夜《东山志》，增嘏把徐文长的一首"天目高高八百寻，夜来一榻抱千岑，长萝片月何妨挂，削石寒潭几度深，芋子故烧残叶火，莲花卑视大江心，明朝欲借横空锡，飞度西山再一临"律诗抄了下来，我只抄了几个东天目八景的名目：一，仙峰远眺，二，云海奇观，三，经台秋风，四，平溪夜月，五，莲花石座，六，玉剑飞桥，七，悬崖瀑布，八，古殿栖云。

出昱岭关记

　　一九三四年三月末日，夜宿在东天目昭明禅院的禅房里。四月一日侵晨，曾与同宿者金钱甫、吴宝基诸先生约定，于五时前起床，上钟楼峰上去看日出，并看云海。但午前四时，因口渴而起来喝茶，探首向窗外一望，微云里在落细雨，知道日出与云海都看不成了，索性就酣睡了下去，一觉竟睡到了八点。

　　早餐后，坐轿下山。一出寺门，哪知就掉向云海里去了；坐在轿上，看不出前面那轿夫的背脊，但闻人语声，鸟鸣声，轿夫换肩的喝唱声，瀑布的冲击声，从白茫茫一片的云雾里传来；云层很厚实，有时攒入轿来，扑在面上，有点儿凉阴阴的怪味，伸手出去拿了几次，却没有拿着。细雨化为云，蒸为雾，将东天目的上半山包住，今天的日出虽没有看成，可是在云海里飘泊的滋味却尝了一个饱。行至半山，更在东面山头的雾障里看出了一圈同月亮似的大白圈，晓得天又是晴的，逆料今天的西行出昱岭关去，路上一定有许多景色好看。

达夫游记

从原来的路上下山，过老虎尾巴，越新溪，向西向南的走去，云雾全收，那一个东西两天目之间的谷里的清景，又同画样的展开在目前。上一小岭后，更走二十余里，就到了于潜的藻溪，盖即三日前下车上西天目去的地点，距西天目三十余里，去东天目约有四十里内外；轿子到此，已经是午后一点的光景，肚子饿得很，因而对于那两座西浙名山的余恋，也有点淡薄下去了。

饭后上车，西行七十余里，入昌化境，地势渐高，过芦岭关后，就是昱岭山脉的盘据地界了；车路大抵是一面依山，一面临水的。山系巉岈古怪的沙石岩峰，水是清澄见底的山泉溪水。偶尔过一平谷，则人家三五，散点在杂花绿树间。老翁在门前曝背，小儿们指点汽车，张大了嘴，举起了手，似在大喊大叫。村犬之肥硕者，有时还要和汽车赛一段跑，送我们一程。

在未到昱岭关之先，公路两岸的青山绿水，已经是怪可爱的了。语堂并且还想起了避暑的事情，以为挈妻儿来这一区桃花源里，住它几日，不看报，不与外界相往来，饥则食小山之薇蕨，与村里的牛羊，渴则饮清溪的淡水。日当中午，大家脱得精光，入溪中去游泳。晚上倦了，就可以在月亮底下露宿，门也不必关，电灯也可以不要，只教有一枝雪茄，一张行军床，一条薄被，和几册爱读的书就好了。

"像这一种生活过惯之后，不知会不会更想到都市中去吸灰尘，看电影的？"

语堂感慨无量地在自言自语，这当然又是他的 Dichtung 在作怪。前此，语堂和增嘏、光旦他们，曾去富春江一带旅行；在路上，遇有不适意事，语堂就说"这是 Wahrheitl"意思就是在说"现实和理想的不能相符"，系借用了歌德的书名而付以新解释的；所以我们这一次西游，无论遇见什么可爱可恨之事，都只以 Wahrheit 与 Dichtung 两字了之；语汇虽极简单，涵义倒着实广阔，并且说一次，大家都哄笑一场，不厌重复，也不怕烦腻，正像是在唱古诗里的循环复句一般。

车到昱岭关口，关门正在新造，停车下来，仰视众山，大家都只嘿然互相默视了一下；盖因日暮途遥，突然间到了这一个险隘，印象太深，变成了 Shock，惊叹颂赞之声自然已经叫不出口，就连现成的 Dichtung 与 Wahrheit 两字，也都被骇退了。向关前关后去环视了一下，大家松了一松气，吴、徐两位，照了几张关门的照相之后，那种紧张的气氛，才兹弛缓了下来。于是乎就又有了说，有了笑；同行中间的一位，并且还上关门边上去撒了一泡溺，以留作过关的纪念碑。

出关后，已入安徽绩溪歙县界，第一个到眼来的盆样的村子，就是三阳坑。四面都是一层一层的山，中间是一条东流的水。人家三五百，集处在溪的旁边，山的腰际，与前面的弯曲的公路上下。溪上远处山间的白墙数点，和在山坡食草的羊群，又将这一幅中国的古画添上了些洋气，语堂说："瑞士的山村，简直和这里一样，不过人家稍为整齐一点，山上的杂草树木要多一点而已。"我们在三阳坑车站的前头，那一条清溪的水车磨坊旁边，西看看夕阳，东望望山影，总立了约有半点钟之久，还徘徊而不忍去；倒惊动得三阳坑的老百姓，以为又是官军来测量地皮，破坏风水来了，在我们的周围，也张着嘴瞪着眼，绕成了一个大圈圈。

达夫游记

173

从三阳坑到屺梓里，二三十里地的中间，车尽在昱岭山脉的上下左右绕。过了一个弯，又是一个弯，盘旋上去，又盘旋下来，有时候向了西，有时候又向了东，到了顶上，回头来看看走过的路和路上的石栏，绝像是乡下人于正月元宵后，在盘的龙灯。弯也真长，真曲，真多不过。一时入一个弯去，上视危壁，下临绝涧，总以为前不见古人，后不见来者，这车非要穿入山去，学穿山甲，学神仙的土遁，才能到得徽州了，谁知门头一转，再过一个山鼻，就又是一重天地，一番景色；我先在车里默数着，要绕几个弯，过几条岭，才到得徽州，但后来为周围的险景一吓，竟把数目忘了，手指头屈屈伸伸，似乎有了十七八次；大约就混说一句二三十个，想来总也没有错儿。

在这一条盘旋的公路对面，还有一个绝景，就是那一条在公路未开以前的皖浙间交通的官道。公路是开在溪谷北面的山腰，而这一条旧时的大道，是铺在溪谷南面的山麓的。从公路上的车窗里望过去，一条同银线似的长蛇小道，在对岸时而上山，时而落谷，时而过一条小桥，时而入一个亭子，隐而复见，断而再连；还有成群的驴马，肩驮着农产商品，在代替着沙漠里的骆驼，尽在这一条线路上走；路离得远了，铃声自然是听不见，就是捏着鞭子，在驴前驴后，跟着行走的商人，看过去也像是画上的行人，要令人想起小时候见过的钟馗送妹图或长江行旅图来。

过屺梓里后，路渐渐平坦，日也垂垂向晚，虽然依旧是水色山光，劈面的迎来，然而因为已在昱岭关外的一带，把注意力用尽了，致对车窗外的景色，不得已而失了敬意。其实哩，绩溪与歙县的山水，本来也是清秀无比，尽可以敌得过浙西的。

在苍茫的暮色里，浑浑然躺在车上，一边在打瞌睡，一边我也在想凑集起几个字来，好变成一件像诗样的东西；哼哼读读，车行了六七十里之后，我也居然把一首哼哼调做成了：

　　盘旋曲径几多弯，历尽千山与万山，
　　外此更无三宿恋，西来又过一重关，
　　地传洙泗溪争出，俗近江淮语略蛮，
　　只恨征车留不得，让他桃李领春闲。

题目是《出昱岭关，过三阳坑后，风景绝佳》。

晚上六点前后，到了徽州城外的歙县站。入徽州城去吃了一顿夜饭，住的地方，却成问题了，于是乎又开车，走了六七十里的夜路，赶到了归休宁县管的大镇屯溪。屯溪虽有小上海的别名，虽也有公娼私娼戏园茶馆等的设备，但旅馆究竟不多；我们一群七八个人，搬来搬去，到了深夜的十二点钟，才由语堂、光旦的提议，屯溪公安局的介绍，租到了一只大船，去打馆宿歇。这一晚，别无可记，只发现了叶公秋原每爱以文言作常谈，于是乎大家建议："做文须用白话，说话须用文言"，这条原则通过以后，大家就满口之乎也者了起来，倒把语堂的 Dichtung and Wahrheit 打倒了；叶公的谈吐，尤以用公文成语时，如"该大便业已撒出在案"之类，最为滑稽得体云。

一九三四年四月十八日

达夫游记

屯溪夜泊记

屯溪是安徽休宁县属的一个市镇，虽然居民不多，——人口大约最多也不过一二万——工厂也没有，物产也并不丰富，但因为地处在婺源，祁门，黟县，休宁等县的众水汇聚之乡，下流成新安江，从前陆路交通不便的时候，徽州府西北几县的物产，全要从这屯溪出去，所以这个小镇居然也成了一个皖南的大码头，所以它也就有了小上海的别名。"生意兴隆通四海，财源茂盛达三江"，这一副最普通的联语，若拿来赠给屯溪，倒也很可以指示出它的所以得繁盛的原委。

我们的飘泊到屯溪去，是因为东南五省交通周览会的邀请，打算去白岳、黄山看一看风景；而又蒙从前的徽州府现在的歙县县长的不弃，替我们介绍了一家徽州府里有名的实在是龌龊得不堪的宿夜店，觉得在徽州是怎么也不能够过夜了，所以才夜半开车，闯入了这小上海的屯溪市里。

虽则小上海，可究竟和大上海有点不同，第一，这小上海所有的旅馆，就只有大上海的五万分之一。我们在半夜的混沌里，冲到了此地，投各家旅馆，自然是都已经客满了，没有办法，就只好去投奔公安局，——这公安局却是直系于省会的一个独立机关，是屯溪市上，最大并且也是唯一的行政司法以及维持治安的公署，所以尽抵得过清朝的一个州县——请他们来救济，我们提出的办法，是要他们去为我们租借一只大船来权当宿舍。

这交涉办到了午前的一点，才兹办妥，行李等物，搬上船后，舱铺清洁，空气通畅，大家高兴了起来，就交口称赞语堂林氏的有发明的天才，因为大家搬上船上去宿的这一件事情，是语堂的提议，大约他总也是受了天随子陆龟蒙或八旗名士宗室宝竹坡的影响无疑。

浮家泛宅，大家联床接脚，在蔑篷底下，洋油灯前，谈着笑着，悠悠入睡的那一种风情，倒的确是时代倒错的中世纪的诗人的行径。那一晚，因为上船得迟了，所以说废话说不上几刻钟，一船里就呼呼地充满了睡声。

第二天，天下了雨；在船上听雨，在水边看雨的风味，又是一种别样的情趣，因为天雨，旅行当然是不行，并且林、潘、全、叶的四位，目的是只在看看徽州，与自杭州至徽州的一段公路的，白岳黄山，自然是不想去的了，只教天一放晴，他们就打算回去，于是乎我们便有了一天悠闲自在的屯溪船上的休息。

屯溪的街市，是沿水的两条里外的直街，至西面而尽于屯浦，屯浦之上是一条大桥，过桥又是一条街，系上西乡去的大路。是在这屯浦桥附近的几条街上，由他们屯溪人看来，觉得是完全毛色不同的这一群丧家之犬，尽在那里走来走去

· 177 ·

的走。其实呢，我们的泊船之处，就在离桥不远的东南一箭之地，而寄住在船上，却有两件大事，非要上岸去办不可，就是，一，吃饭，二，大便。

况且，人又是好奇的动物，除了睡眠，吃饭，排泄以外，少不得也要使用使用那两条腿，于必要的事情之上，去做些不必要的事情；于是乎在江边的那家饭馆延旭楼即紫云馆，和那座公坑所，当然是可以不必说，就是一处贩卖破铜烂铁的旧货铺，以及就开在饭馆边上的一家假古董店，也突然地增加了许多顾客。我在旧货铺里，买了一部歙县吴殿麟的《紫石泉山房集》，语堂在那家假古董店里，买了些桃核船，翡翠，琥珀，以及许多碎了的白磁。大家回到船上研究将起来，当以两毛钱买的那些点点的磁片，最有价值，因为一只纤纤的玉手，捏着的是一条粗而且长，头如松菌的东西，另外的一条三角形的尖粽而带着微有曲线的白柄者，一定是国货的小脚；这些碎磁，若不是康熙，总也是乾隆，说不定，恐怕还是前朝内府坤宁宫里的珍藏。仔细研究到后来，你一言，我一语，想入非非，笑成一片，致使这一个水上小共和国里的百姓们，大家都堕落成了群居终日，专为不善的小人团。

早午饭吃后，光旦、秋原等又坐了车上徽州去了，语堂、增嘏，歪身倒在床上看书打瞌睡，只有被鬼附着似地神经质的我，在船里觉得是坐立都不能安，于是乎只好着了雨鞋，张着雨伞，再上岸去，去游屯溪的街市。

雨里的屯溪，市面也着实萧条。从东面有一块枪毙红丸犯处的木牌立着的地方起，一直到西尽头的屯浦桥附近为止，来回走了两遍，路上遇着的行人，数目并不很多，比到大上海的中心街市，先施、永安下那块地方的人海人山，这小上海简直是乡村角落里了。无聊之极，我就爬上了市后面的那一排小山之上，打算对屯溪全市，作一个包罗万象的高空鸟瞰。

市后的小山，断断续续，一连倒也有四五个山峰。自东而西，俯瞰了屯溪市上的几千家人家，以及人家外围，贯流在那里的三四条溪水之后，我的两足，忽而走到了一处西面离桥不远的化山的平顶。顶上的石柱石磉石梁，依然还在，然而一堆瓦砾，寸草不生，几只飞鸟，只在乱石堆头慢声长叹。我一个人看看前面天主堂界内的杂树人家，和隔岸的那条同金字塔样的狮子（俗称扁担）石山，觉得阴森森毛发都有点直竖起来了，不得已就只好一口气的跳下了这座在屯溪市是地点风景最好也没有的化山。后来上桥头的酒店里去坐下，向酒保仔细一探听，才晓得民国十八年的春天，宋老五带领了人马，曾将这屯溪市的店铺民房，施行了一次火洗，那座化山顶上的化山大寺，也就是于这个时候被焚化了的。那时候未被烧去而仅存者，只延旭楼的一间三层的高阁和天主堂内的几间平房而已。

在酒店里，和他们谈谈说说，我只吃了一碟炒四件，一斤杂有泥沙的绍兴酒，算起账来，竟被敲去了两块大洋，问"何以会这么的贵？"回答说"本地人都喝的歙酒，绍兴酒本来是很贵的。"这小上海的商家，别的上海样子倒还没有学好，只有这一个欺生敲诈的门径，却学得来青胜于蓝了，也无怪有人告诉我说，屯溪市上，无论那一家大商店，都有讨价还价，就连一盒火柴，一封香烟，也有生人熟面的市价不同。

傍晚四五点的时候，去徽州的大队人马回来了，一同上延旭楼去吃过晚饭，我和秋原、增嘏、成章四人，在江岸的东头走走，恰巧遇见了一位自上海来此的像白相人那么的汽车小商人。他于陪我们上游艺场去逛了一遍之余，又领我们到了一家他的旧识的乐户人家。姑娘的名号现在记不起来了，仿佛是翠华的两字，穿着一件黑绒的夹袄，镶着一个金牙齿，相貌倒也不算顶坏，听了几出徽州戏，喝了一杯祁门茶后，出到了街上，不意门头又遇见了三位装饰时髦到了极顶，身材也窈窕可观的摩登美妇人。那一位引导者，和她们也似乎是素熟的客人，大家招呼了一下走散之后，他就告诉了我们以她们的身世。她们的前身，本来是上海来游艺场献技的坤角，后来各有了主顾，唱戏就不唱了。不到一年，各主顾忽又有了新恋，她们便这样的一变，变作了街头的神女。这一段短短的历史，简单虽也简单得很，但可惜我们中间的那位江州司马没有同来，否则倒又有一篇《琵琶行》好做了。在微雨黄昏的街上走着，他还告诉了我们这里有几家头等公娼，几家二等花茶馆，几家三等无名窟，和诨名"屯溪之王"的一家半开门。

回到了残灯无焰的船舱之内，向几位没有同去的诗人们报告了一番消息，余事只好躺下去睡觉了，但青衫憔悴的才子，既遇着了红粉飘零的美女，虽然没有后花园赠金，妓堂前碰壁的两幕情景，一首诗却是少不得的；斜依着枕头，合着船篷上的雨韵，哼哼唧唧，我就在朦胧的梦里念成了一首：

新安江水碧悠悠，两岸人家散若舟，
几夜屯溪桥下梦，断肠春色似扬州。

的七言绝句。这么一来，既有了佳人，又有了才子，煞尾并且还有着这一个有诗为证的大团圆，一出屯溪夜泊的传奇新剧本，岂不就完全成立了么？

一九三四年五月

达夫游记

游白岳齐云之记

　　一九三四年三月二十九日，应东南五省周览会之约，出发西游；去临安，去于潜，宿东西两天目，出昱岭关，止宿安徽休宁县属屯溪船上，为屯浦桥下浮家之客；行尽六七百里路程，阅尽浙西皖东山水，偶一回忆，似已离家得很久了，但屈指计程，至四月三日去白岳为止，也只匆匆五六日耳。"山中方七日，世上已千年"，诗人的感觉，的确要比我们庸人灵敏一点！

　　同来者八人，全增嘏，林语堂，潘光旦，叶秋原的四位，早已游倦，急想回去，就于四月三日的清晨，在休宁县北门外分手；他们坐了我们一同自屯溪至休宁之原车回杭州，我们则上轿，去城西三十里外的白岳齐云游。

　　休宁，秦汉时附于歙县，晋改海阳海宁，隋时始称休宁，其间也曾作过州治，所以城的规模颇不小。我们自北门的梦宁门进，当街市的正中心拐弯，向西门的齐宁门出，在县城内正走了西瓜的四平开之一分的直角路，已经花去了将近四五十分钟的时间，统计起来，穿城约总有七八里地的直径无疑。

一出西门，就是一条大桥，系架在自榔木岭，松萝山，齐云山流下来的溪上的；滚滚清溪，东流下去，便成了浙水之源之一；在桥上俯视了一下，倒很想托它带个信去，告诉告诉浙中的亲友，说某年某月某日某时，曾在休宁城外，与去齐云山的某某上下外叉相会。

过五里亭，过蓝渡，路旁小山溪流极多，地势也在逐渐逐渐的西高上去，十一点半，到了白岳齐云的脚下。齐云山的香市，以九月为最旺，自秋至冬，迄正月而歇尽。所以山上庙宇房头及店铺之类，虽也有百家内外，但非当香市，则都空着无人居住。我们的中饭，本来是打算上山去吃的，忽而心血来潮，觉得山脚下那个小村子里的饭店，也可以一饱，于是就决定吃了上山，后来到山上去一见许多空屋，才晓得这预感却是王灵官在那里显灵。

我们平常，总只说黄山，白岳，是皖南的名山。而休宁人，除读书识掌故者外，一般百姓，都不知白岳，只晓得齐云。实白岳齐云，是连在一起的许多山的两个名字。白岳山中的一处，名齐云岩，以后山上敕建道观，又适在这齐云岩下，明清五六百年下来，香火一直到现在未绝，一般老百姓的只知道有齐云，不知道有白岳，原因就在这里。康熙年间的《休宁县志》说：

"白岳山在县西三十里，高三百仞，周二十五里，游齐云者，必先登此。"又说：

"齐云岩，在白岳西北，高三百五十仞，周围数十里。"

　　"明嘉靖丙辰（西历一五五六年，亦即赵文华视师江南之岁），世宗以祈祷有灵，改曰齐云山，敕建太素官。……"

　　看了这两段记载，大约白岳齐云的所以要打混，与未曾到过的人，每要把一处当作两处看的疑团，总也可以冰释了罢？

　　饭后从北麓上山，石级蜿蜒曲绕。登山将五十步，过一亭为步云亭，亭后，矗立着一块五六丈高的大石碑，上刻"齐云仙境"的四大字，工整匀巧，不识是何人的手笔。山路两旁，桃花杂树很多，中途的一簇古松尤奇而可爱；在寂静的正午太阳光下，一步一步的上去，过古松，望仙等亭，人为花气所醉，浑浑然似在做梦；只有微风所惹起的松涛，和采花的蜂蝶的鸣声，时要把午梦惊醒，此外则山静似太古，不识今是何世，也不晓得自己的身子，究竟到了什么地方。

　　到一支小岭脊的中和亭（或为真气亭）后梦就非醒不可，因从这亭子前向北一回望，来路曲折就在目下，稍远是菜花满地的平楚千顷，更远就是那条数溪汇聚的夹源夹溪了，水色蔚蓝，和四面的农村花树，成了一个最美也没有的杂色对称。走出这亭子的南檐，向前面望去，先是一个半圆的幽谷，在这大大的半圆圈里，南尽头沿山有一条石栏小路，和几座不连接的道观禅房；与这一条小路相对，当半圆的这面，就在亭子的南脚下，更有一条雁齿似的堤路，两面是栏杆，中间是桥洞，湾环复与山路相接，是西去上齐云的便道。壁立在这半圆圈上的高峰，西南东三面，是石门岩，密多岩，忠烈岩，真栖岩，拱日峰等。山势飞动，石岩伟巨，初从山下慢慢走上来的人，一到此地，总不得不大吃一惊，因为平常的山里，决没有这一种巨大的石岩，尤其是从白岳山脚下上来的时候，决不会预想到将看见这一种伟大的石山的。这一区，就是白岳山的境界，所谓"游齐云者必先登此"的地方。中和亭（真气亭）内还有一块万历的碑立在那里，亭东首也有一个庙在，我们因为要去看的地方正还多着，所以碑文也没有功夫念，庙里也不曾进去。

沿山走上南去，先到了洞天福地的那一个庙里。据志书之所载，则为无心道人黄上舍国瑞之所筑；然在同一项下，又有一段记载："明嘉隆间，有一数百岁人居此，坐卧石床，无姓名，不立文字，人第称为邋遢仙，后化去，然有自峨嵋归者，谓又在山中见之。"观此，则洞天福地境内真身洞中的那座坟，或者是邋遢仙人的遗蜕也说不定，因为墓的两旁，还各有一座石床置在那里，石床上并且还各摆着了三四个大约是施舍的铜元。

自真身洞西去，接连着有雷祖，圣帝，通明等殿，都已坍毁不堪，殿外谷中，溪水不断在流，志书上所说的桃花涧，大约总就在这些地方。

我们到了白岳，看见了许多奇岩怪石，已经是不想走了；同来的吴、徐两位，更在这里照一像，那里摄一影地费去了许多底片。殊不知西上一山，进了天门，再下去入齐云境后，样子更是灵奇伟大，到了不可思议的地步，致吴、徐二君大

达夫游记

生后悔，说："片子带得太少了。"

拱日峰下的天门，奇峰突起，底下就是一个像一扇天然的门似的石洞。穿此洞而南下，沿山壁走去，尽是一个个的大洞和一座座的峭壁，真仙洞，圆通岩，雨君洞，珍珠帘，文昌宫，玄芝洞，等等，名目也真多，景致也真怪，地方也实在真好不过。

圆通岩前，有顺治三年石碑二，立在洞的两旁。碑身薄而石刻很深，字迹秀丽非凡。拾小石击碑铿铿作钟磬之音，所以两碑的当中，各已经穿成了一个大洞，碑上的诗句，早就拓不完全了；这和未倒之先的雷峰塔脚，被烧香客挖掘，谓泥石可以治病事一样的为迷信之害；象以齿毙，膏用明煎，人之有一特点而致亡身者，睹此应生感慨。圆通洞，本不甚深，中供何神，亦不曾进去细看，实在因为这一带的神像，碑版，石刻，古器等太多了，身入此间，像到了一处古物陈列所，五花八门，目眩神昏，看也看不得许多，记也记不到底的。

真仙洞（徐霞客所记的罗汉洞即在此处），最深最广，洞中的佛像也最多，四壁石龛内，并且还有许多就壁刻成的石佛，层层排列在那里。在从前，这一带地方，似乎统呼作真仙洞的，以后好事者多，来游者众，道士们也想设法多骗取一点游客的香金，所以就在这一区像罗马的斗兽场似的大半圆石壁的四周，刻上了许多的名字，供起了不少的神像。

珍珠帘，是一座百丈来高的斜复出去的巨岩，岩下也安置着佛座神堂，空广深幽，是天然的一间高大的石屋。百丈高的石檐上，一排数丈，点点滴滴，不论晴雨，不分四时，时有珍珠似的水滴在往下落。因为岩之高，幅的广，第一滴下来，尚未及半空，第二滴就又继续滴下来了，看起来真像是一层自然的珍珠帘幕，罩在面前，这些珍珠水滴，积少成多，在岩下的大石层中，汇成一大水池，即所谓碧莲池者是。

自珍珠帘沿着半圆的巨壁向西绕去就是文昌宫，玄芝洞，雨君洞等处所。凡沿碧莲池的这半圆圈上，约里把来路的中间，一处一处的名目，还不止这几个，而嵌在壁上的石碣，立在壁前的古碑，以及壁头高处，摩崖刻着的孽窠大字，若一一收录起来，我想总有一部伟大的《齐云金石志》好编（鲁丁两氏的《齐云山志》，因不曾见到，所以关于金石一类，无从记起），这些只好让专门家去搜集，现在这里只提起一件，就是文昌宫前，有明嘉靖年间的大石碑四块，还比较得完整，上面刻着的，是大学士元峰袁翁的律诗四首。

真仙洞附近碧莲池上的这大半圆圈绕过之后，又隔一高岭，再进一重门，拾级抄拱日峰侧面上去，是齐云岩下的正殿太素宫的区域了，到了这里，四面的景色，又突然的一变；愈出愈奇，更变更妙的文章作法，在这齐云仙境的景色里，正可以领悟得出来；可惜我们都是俗骨，没有福分在这里多住几天，来鉴赏这篇奇文，走马看花，只好算是匆匆地做了一个游仙之梦。

去正殿太素宫的路，更加曲折，是一个狭长的英文字母C的样子。太素宫向北建在C字的正中背上，前面缺处，深谷中突起一峰，也是一座百丈来高的锥形石山，为香炉峰。太素宫后的一排石嶂，正中就是齐云岩，峰名玉屏峰，左峰为石鼓，右峰为石钟。石钟峰之右，向西直去，为隐云，浮云、仙鹊，展旗等峰。石鼓之左，向东这一边，为碧霄，石林拱日等峰。我们上正殿，系从拱日峰下，顺着C字底下的狭长半圆弯过去的，走了二三里路，方到了太素宫的正门，清初建的一座牌坊之下。路的两旁，尽是些第几第几房，什么什么殿的背依危岩，门临绝涧的二三层楼的建筑物，也有开店的，也有供香客住宿的，间阁扑地，屋栋连云，数目总约有百家内外。现在这些住屋却都空着，寂寂不见一人，但据陪我们上山的轿夫们说，则这百数家人家，当香市盛日还不够供一半香客们的住宿。秋收完后，四方赶来参拜的善男信女的热心，真可惊叹，真可佩服，也无怪从前的专制皇帝，要假神道来设教了。

齐云山正殿境内的山峰，总括一句，是奇特伟大。我们自山脚，走至太素宫，已有七八里路的高了，然而突出在太素宫上的诸峰，绝壁千丈，仰起头来看看，似乎还有五六里路的高度，到此地来一看才知道《安徽通志》上所说的"层峦刺天，云烟万状"等语句，决不是文人的夸大之辞。去年我曾到过浙东的方岩，那时候见了寿山五峰的天然金字塔样的石岩，以为总是天下无双了，现在又到了这齐云的境内，才觉得方岩附近的石山，还没有这儿的一半高，而此处山势的错综复杂，更非五峰之罗列在一排者可比。

太素宫，是明嘉靖年间敕建的道观，已在前面说起过了，中供玄天上帝，庙貌雄丽，诚如《徐霞客游记》上之所说。但尤其使我们诧异的，是这道观内的钟鼎香炉，铜器石器之类，都还是明朝万历崇祯的旧物，丝毫也没有损坏。不过那一尊所谓百鸟衔泥所成之宋代玄帝像，现在却颜色鲜艳，不像旧时的黧黑了。推想起来，大约清朝入关，这一块地方，总还没有糜烂，洪杨兵乱，此地总也保全了的无疑。凡此种种，都是使老百姓不得不确信齐云圣帝的灵异的证据，因而民间的传说，也连枝带叶地簇生了出来。传说中的最普遍的一段，是关于明刚峰先生海忠介公的。

海瑞因闻齐云山圣帝之灵，来此进香，然而走了半日却走不上山；后经道士点破，以为圣帝菩萨在嫌海公脚上的皮靴是荤的，所以如此，忠介公不得已，只能将革履脱去。及上至正殿，海公看见了殿右的皮制大鼓，就题诗反问，鼓忽自破。从此后，圣帝菩萨命王灵官密随海公，伺有过失，即击杀之。王灵官暗伺三年，及见海公在荒郊无人处，私食一地上之瓜，而系钱数十文于瓜藤之上，便回去复命，以为对这一位慎独不欺的刚峰先生，终是无隙可乘的。

这一段传说，当然是无稽之谈，不过在徽州一带流行的另外一个关于唐越国公汪华的灵验传说，却是可以当作这附近当清兵入关时并未受糜烂的证据的，顺便在此地重述一道，或者也可以供研究史实者的参考。

顺治丙戌，清兵破徽州，总督张天禄梦见一红面长髯者前来告诫；曰"毋伤我百姓！"梦觉，以为关公在显灵。及至汪王庙见了汪王神像，与梦中所见者酷似，张天禄始大惊异，于是乎徽州一带的人民，就得保全了。

吴王汪华，当隋季的乱世，能保境安民，宣、杭、睦、婺、饶的五州，卒赖以平安者十余年，至唐武德四年甲子月降唐，仍为歙州刺史，他的关怀民命，造福桑梓的功德，与钱武肃王原可以后先媲美于东南，或者神灵不泯，突然会向嗜杀的军阀显一显圣，也说不定。这传说的第二幕，并且还说顺治己亥，当唐士奇之乱时，汪王亦曾同样的有过灵异。不过玄天上帝，曾对海瑞显那些不必要的灵，且又度量狭小，会因破了一鼓而谋报复，却有点说不过去了。这些传说，原只好"姑妄言之，姑妄听之"而已，何况海瑞的有没有到过齐云，还是一个问题哩！此外则白岳齐云的对于求子，特别有灵的故事，也值得一提。所以明李日华有很风雅的自浙江来礼白岳之记，而袁中郎有只求几个年青美貌而不育之姿一祷。

站在太素宫正门外的牌坊底下，向北展望过去，在有一个亭，一个香炉，并有一条铁链系着使人可作攀援之助的香炉峰后，远远看得出一排高低起伏，状如海浪似的青山。山峰中间的一个，头有点儿略向东歪的，据说是黄山的最高峰。我们此来目的是为了想去黄山，但因天寒雪尚未消，同来者也都已游倦之故，黄山的能不能去，早成了问题，因而不知不觉，我就在齐云岩下，遥对着这百余里外的歪头山，竟发了大半天的呆。等到顺辇路峰向西走去的三位同游者，大声狂叫着说"这儿西面的风景还要好哩！快来！快来！"的时候，我的游黄山的梦也被惊醒了，急忙赶上去一看，果然觉得西面的层岩绝壁，还要高，还要复杂。并且太阳也已经斜到了离西面各山峰不远几尺的地步，我们今天还非得赶回休宁，赶回屯溪去宿不可，黄山当然是不必提起，就是这齐云之西的三姑，五老，独耸，天柱诸峰，以及西天门外的九井桥岩，傅岩诸胜景，也只得割爱了，一边跑，一边我只在恨今天的太阳落去得太快。

沿壁向西，又曲折回旋地走了二里多路，重看了些冲天的石壁，同珍珠帘上的样子一样的危岩，摩崖的大字，以及正德、嘉靖、万历、崇祯的石碣和碑文，到了一处路径有点儿略往下降的地方，大家就立定了脚，因为再走过去，风景一定还要好，结果就要弄得大家非在这荒山里过夜不可。走了半天，我们对于这齐云的仙境，大约总只走尽了五分之二三的地方。虽则两只脚已经是走得很酸痛，肚子里也已经是咕咕地在叫饿，但到了下山的路上，坐入轿子去的时候，大家却不约而同的喊了出来说："今天的一天总算是值得得很！看了齐云，游了白岳，就是黄山不去，也可以向人说说的了。"

轿子回到休宁，总约莫是将近二更，汽车把我们在屯溪站卸下来的时候，连市上的灯火都将熄尽快了，这一次西游的这一个末日，我们总算有益地利用到了百分之百。

一九三四年四月二十九日

达夫游记

青岛、济南、北平、北戴河的巡游

　　带青带绿的颜色，对于视觉，大约是特别的健全；尤其是深蓝，海天的深蓝，看了使人会莫名其妙的感到一种愉快。可是单调的色彩，只是一色的色彩，广大无边地包在你的左右四周，若一点儿变化也没有，成日成夜地与你相对，日久了当然是也要生厌的；青岛的好处就在这里，第一，就在她的可以使你换一换口味，第二，到了她的怀里，去摸索起来，却也并不单调，所以在暑热的时候，去住一两个月，恰正合适。

　　无论你南边从上海去，或北边从天津去，若由海道而去青岛，总不过二三十个钟头，可以到了。你在船舱里，只和海和天相对，先当然是觉得愉快，觉得伟大，觉得是飘然遗世而独立，羽化而登仙的样子；但一昼夜过后，未免要感到落寞，感到厌倦；正当你内心在感到这些，而嘴里还没有叫出来的时候，而白的灯台，红的屋瓦，弯曲的海岸，点点的近岛遥山，就净现上你的视界里来了，这就是青岛。所以从海道去青岛的人对她所得的最初印象，比无论那一个港市，都要清新些，美丽些。香港没有她的复杂，广州不及她的洁净，上海比她欠清静，烟台比她更渺小，刘公岛我虽则还没有到过，但推想起来，总也不能够和青岛的整齐华美相比并的，以女人来比青岛，她像是一个大家的闺秀；以人种来说青岛，她像是一个在情热之中隐藏着身份的南欧美妇人。

青岛的特色之一，是在她的市区的高低不平，与夫树木的青葱。都市的美观，若一味平直，只以颜色与摩天的高阁来调和，是不能够引人入胜的；而青岛的地面，却尽是一枝枝的小山，到处可以看得见海，到处都是很适宜的住宅区。就是那一条从前叫弗利特利希大街，现在叫中山路的商业通衢，两端走走，也不过两三里路，就到海边了；街的两面，一走上去，就是小山，就是眺望很好的高地。

从前路过青岛，只在船楼上看看她的绿树与红楼，虽觉她很美，但还没有和她亲过吻，抱过腰；今年带了儿女，去住一个夏天，方才觉"东方第一良港"、"东方第一避暑区"的封号，果然不是徒有其表的虚称。

海水浴场的设备如何，暂且不去管它，第一是四周的那么些个浅滩，恐怕是在东亚，没有一处避暑区赶得上青岛的。日本的海岸，当然也有好的，像明石须磨的一带，都是风光明媚的地方，可是小湾没有青岛的多，而岸线又不及青岛的曲，至于日本的北面临日本海的海岸呢，气候虽则凉冷，但风浪太大，避暑洗海水澡总有点不大适宜。

青岛，缺点当然也是有的；第一，夏天的空气太潮湿，雾露太多，就有点儿使人不舒服。其次则外国的东方舰队，

来青岛避暑停泊的数目实在多不过，因而白俄的娼妇，中国盐水妹的来赶夏场买卖的，也混杂热闹到了使人分不出谁是良家的女子。喜欢异国颓废的情调的人，或者反而对此会感兴趣，但想去看一点书，做一点事情的人，被这些酒肉气醉人的淫暖之风一吹，总不免要感到头昏脑涨，想呕吐出来。我今年的一个夏天就整整的被这些活春宫冲坏了的；日里上海滨去看看裸体，晚上在露台听听淫辞，结果我就一个字也没有写，一册书也没有读，到了新秋微冷的时候，就匆匆坐了胶济路车上北平去了。明年我就打算不再去青岛，而上一个更清静一点的海岸或山上去过夏天。

劳山的风景，原也不错；可是一般人所颂赞的大劳观靛缸湾一带的清溪石壁，也只平平，看过江南的清景的人，对此是不会感到特异的美感的；要讲伟大，要耐人寻味，自然是外劳沿海一带，从白云洞、华岩寺到太清宫的一路。我在青岛的时候，曾有一位小姐，向我说过石老人附近，景色的清幽，浮山午山庙周围，梨花的艳异；但因为去的时候不巧，对于这些绝景，都不曾领略，此生不知有没有再去的机会了，我到现在，还在怅念。

由青岛去济南的道上，最使我感到兴奋的，是过潍县之后，到青州之先，在朱刘店驿，从车窗里遥望首阳山的十几分钟。伯夷叔齐的古迹，在中国原有好几处，但山东的一角孤山，似乎比较有趣一点，因为地近田横岛，联想起来，也着实富于诗意。洁身自好之士，处到了这一种乱世，谁能保得住不至饿死？我虽不敢仰慕夷齐之清高，也决没有他们的节操与大志，但是饿死的一点，却是日象一日，尽可以与这两位孤竹国的王子比比了，所以车过首阳之后，走得老远老远，我还探头窗外，在对荒山的一个野庙默表敬意，至于青州的云门山，于陵的长白山、白云山等，只稍稍掉头望了一望，明知道不能去登，也就不觉得是什么了不得的名山胜地了；可是云门的六朝石刻，听说确是货真价实的历史上的宝物。

到济南城后，找着了李守章氏，第二日照例的去游千佛山，大明湖、趵突泉、金线泉、黑虎泉等名胜。自然是以家家流水、户户垂杨的黑虎泉（现在新设了游泳池了）一带，风景最为潇洒。大明湖的倒影千佛山，我倒也看见了，只教在历下亭的后面东北堤旁临水之处，向南一望，千佛山的影子便了了可见，可是湖景并不觉得什么美丽。只有蒲菜、莲蓬的味道，的确还鲜，也无怪乎居民的竞相侵占，要把大明湖改变作大明村了。就在这一天的晚上，我们离开了李清照辛弃疾的生地而赶上了平浦的通车，原因是为了映霞还没有到过北平，想在没有被人侵夺去之前，去瞻仰瞻仰这有名的旧日的皇都。

北平的内容，虽则空虚，但外观总还是那么的一个样子。人口增加，新居添筑，东安、西单两市场，人海人山；汽车电车的声音，也日夜的不断。可是，戏院的买卖减了，八大胡同里的房子大半空了，大店家的好货也不大备了，小馆子的顾客大增，而大饭庄的灯火却萧条起来了；到平之后，并且还听见西山都出了劫案，杀死了人。在故宫里看了几日假古董，北海、中央公园内喝了几次茶，上三口子花园、颐和园去跑了一跑之后，应水淇之招，我们就一直的到了山海关

达夫游记

内的北戴河边。刚在青岛看海看厌了的我们，这一回对北戴河自然不能像从前似的用上级形容词来赞美了。不过有两件事情，我总觉得北戴河要比青岛好些。第一，是汽车声音的绝无；第二，是避暑客人的高尚。不过话也要说回来，在鹿囿上面的那一家菜馆里吃饭的时候，白俄女人的做买卖的也未始不曾看见，但数目少了，反而以为万绿丛中一点红，这一块肉，倒是少她不得的。

北戴河的骡子，实在是一种比黄包车汽车轿子更有诗意的乘物。我们到了车站，故意想难难没有骑过骡儿的映霞，大家就不坐车而骑骡；但等到了张家大楼，她的骑骡术已经谙熟了，以后直到离开北戴河为止，她就老爱在骡背上跨着，不肯下来。

北戴河的气候，当然要比青岛的好；但人工的设备，地面的狭小，却比青岛差得很远。东山区域，住宅太多，卫生状况也因而不好，我以为西面联峰山下，一直到海滨的一段，将来必定要兴盛起来。但自第五桥，沿海上南天门去的一路，风景也真好不过。

尤其是南天门金山嘴的一角，东望秦皇岛山海关，南临渤海，北去鸽子窝也不过两三里地的路程；北戴河的海山景色，当以此地为中心，而别庄不多，那娘娘庙的建筑，也坍败得不堪，我真觉得奇怪。还有那个三皇殿哩，再过两年，怕庙址都要没处去寻了，我不懂北戴河的公益所，何以不去修理修理，使成一避暑的游息之所。

这一次在北戴河住得不久，所以像汤泉山，背牛顶的胜水岩等处，都没有去成。但在回来的路上，到了滦口，看看阳山碣石山等不断的青峰，与夫滦河蜿蜒的姿势，就觉得山水的秀丽，不仅是江南的特产了，在关以内和关以外，何尝没有明媚的山川？但大好的山河，现在都拱手让人拿去筑路开矿，来打我们中国了，教我们小百姓又有什么法子去拼命呢？古人有"马后桃花马前雪，出关争得不回头"的诗句，希望衮衮诸公，不要误信诗人，把这些好地方都看作了雪地冰天，丢在脑后才好！

    廿三四年十一月廿八日于杭州大学路寓所

达夫游记